潘天良 著

回聲
——潘天良詩文集

與作家李昂（中）、尹浩鏐
（右）在世界華文作家代表
大會。

與古冬、曉亞等作家在新書
發表會上。

參加世界華文作家代表大
會，前左三為馬克任會長。

詩人瘂弦（前中）、主
編田新彬（後右三）、
蘇斐玫（後左三）來訪
拉斯維加斯。

與吳玲瑤、田新彬（前排）在台灣。

與蕭逸（左一）、朱秀娟（左四）等作家在洛杉磯華文作協會慶。

作者夫婦和兒孫一起

目次

卷二　愛灑人間

第二部　雁過留聲（散文選）

卷一　生活花絮

甜甜烈烈暖心頭

　　語云，詩無達詁。這個短語，可以有兩種解釋：一是詩是什麼？無達詁。一是一個詩人，或一首詩怎樣，無達詁。儘管如此，還是有一些最基本的評價標准在。

　　不管詩是什麼，它起碼是一種語言藝術。語言是人類溝通的工具，所以首先要能溝通，才是好語言。詩的歧路之一，是不求溝通，反而破壞語法，顛倒碼字，無所表達，叫人看不懂，貌似朦朧，實際上是玩弄讀者的智商。

　　詩並不排斥朦朧，但必須有所表達。有些情感復雜微妙，一下子表達不出來，借助隱喻，借助象徵，貌似朦朧，目的還是為了說清楚，以求溝通。李商隱的錦瑟年華，波德萊爾的「象徵的森林」，卡夫卡的散文詩，都是如此。有所表達，終究能夠看懂。看懂了，就會發現「象徵」深處的「人的存在」，還有更深的層次。

　　無所表達、不能溝通的、任何人都看不懂的所謂朦朧詩，我不知道是什麼東西。

　　有所表達，未必就是詩。說「南瓜好吃」，這不是詩。「詩言志」，必須帶著情感，是人類情感的表現形式。這情感必須是真實的，發自內心，所謂「言為心聲」，而不是無病呻吟。無病呻吟的東西，我不知道是什麼東西。

　　潘天良詩，一掃朦朧。如唐代白居易詩，老嫗可解其句。通體透明，毫無隱晦。處處真情實感，見詩如見人。

　　真情實感，有好有壞。仇恨，嫉妒，也可以是真情實感。潘天良詩，一掃這類邪惡，全是以愛為主題。特別是，他對他的妻子的愛和感恩，深邃真摯，終生不渝，令人感動。是潘詩中最好的篇章。此其佳處之一也韓愈嘗言，文窮而後工，歡樂之詞難工。天良為人，正直仁厚。仁者樂山，智者樂水。潘詩之樂，不光是個人之樂，也寫出了同遊者共同之樂。杜甫詩，「安得詩如陶謝手，令渠述作與同遊」，讀其詩者，亦與同樂焉。「甜甜烈烈暖心頭」。歡樂之詞亦工，此其佳處之二也。

　　然而急管繁弦，中有哀音存焉。往事如噩夢，回首前塵，不免透露一種中國士大夫的傳統精神：憂國憂民。「憂從中來，不可斷絕」。撫今追昔，憶苦思甜，不落嘆老嗟卑俗套，依舊開朗樂觀，不計舊仇，面向未來，「贏得鬢毛未肯斑」，此其佳處之三也。

　　有此三者，詩格存矣。

高爾泰

（著名美學家、作家、畫家，
曾任蘭州、四川、南開、南京等大學教授）

高爾泰夫婦

讀〈天涯詩韻〉有感

〈天涯詩韻〉搜集了著名散文作家潘天良的精彩詩篇。過去讀他的旅遊散文，對其詩文交錯，亦詩亦文就留有深刻印象。遊天山時他信手吟來：「走絲綢路／飲天山水／飛雪染層林／湖光山色翠／千古美事瑤池會／嘆娘娘多情／偏遇負心郎／望穿秋水／不見穆王歸／天池盡是相思淚！」

著名的詩人教授劉庶凝讚道：「這是一首回腸蕩氣的悲歌⋯⋯字字明珠，行行錦繡，讀『娘娘多情，偏遇負心郎』有情人誰能無動於衷？短短七字『天池盡是相思淚』，是畫也是詩」。詩人品詩，不可謂不中肯。

如今出版〈天涯詩韻〉，觀其全豹，才知道他少時以來就寫過不少詩章，卻少見發表。也許他以為不合新潮流之故吧。

現代許多新詩走入了象牙塔，離大眾越來越遠，「看不懂」、「讓人猜謎」，是常聽到的抱怨。潘天良的詩明白易懂又富有詩意。他將古詩詞的精髓與現代的語言巧妙結合，讀來既有古詩傳統的韻味，又富現代民謠的格調。

〈天涯詩韻〉分三卷，用感性、精闢、通俗的語言，傳遞對大自然之情，對人的愛，對社會的關注。

卷一為「寄情山水」。嘗言道：詩者，抒個性、專寫意、重神似、端人品、博修養之謂也。潘詩溫柔和媚，蘭心蕙性，慰藉了詩人對世情的失落，表露了對情人的愛戀，揮展了對山水的寄情，抒發了對友情的珍惜。詩人可以憑自己的心，說自己的話，說給自己聽，說給紅粉知己聽，說給友人聽。就漢文

來說，古典詩詞對漢文字的運用確臻絕妙境界，那種精煉和蘊藉，今人是望塵莫及的，潘天良承繼了這一傳統，請看他是如何描寫九寨溝的：

「金秋漫步九寨溝／山山水水披錦繡／遠眺群山鋪七彩／近看倒影水中游／世間何來此高手／繪出奇幻滿山頭／繡出寶石藍湖水／造出仙境九寨溝！」

我們從樂府古詩中的名篇以及歷來傳誦的唐詩宋詞佳作中看到，它們之所以千百年來膾炙人口，不僅是那些作品本身的語言魅力所致，更因為它們充滿情景和意念的交融，潘君的詩，既融入古典詩歌語言的基本要素，又具有現代民謠的韻味。文如其人，潘君風流儒雅，卻也是愛憎分明，且看他的《和郭沫若》（打油詩）：

「海南三亞『天涯海角』的一塊大石上，刻有郭沫若手書：海角尚非尖／天涯更有天／波清灣面闊／沙白磊頭圓／勞力同群眾／雄心藐大千／南天一柱立／相與共盤旋」

郭詩刻於此實在大煞風景，故和打油詩一首：

「腦袋削得尖／官場更有天／波濁隨波流／侍主八面圓／謳歌逢迎切／御用文人臉／惜哉此名流／醜態處處演。」

常言道：作詩先做人，文章本天成，妙手偶得之。好人寫出的詩文真實可愛，人品不好的人不會寫出好詩文，郭本是一個有才華的文人，無奈利祿薰心，人品變壞了，心中自然不會有好意境。上蒼不會眷顧趨炎附勢之輩。郭晚期的所謂詩者，如史大林爺爺、兩個太陽之類，是政治口號，不是詩，人們不會喜歡，可是符合聖意，於是被大捧特捧，一時間到處寫字題詩，辱沒了大好風景，潘君的打油詩，正應了一條眾人皆知的道理，那就是：好詩應該是不以詞害義，不讒上媚俗，自由獨立是詩之魂。古人說：「詩言志」，所以想「媚權貴」，想「粉飾太平」，就不能寫出好的詩來。

卷二為「愛灑人間」。詩人以細膩、赤熱、深沉的筆觸，抒寫了對情人、對友人，尤其是對妻子的愛。其中最膾炙人口的是《月圓詩》──贈愛妻：

　　「八月十五月正圓／桂花吐清香／登月折一支／送給愛妻表心腸／那夜雲飛雲散／滿月半遮臉龐／椰林深處靜悄悄／聽你一曲金歌贈情郎⋯⋯／數十載風風雨雨／育兒扶女扛起半天方／依然柔情若水／情濃勝酒／在你的港灣裏終身安詳／人道新婦自當勝舊人／我說醇酒越釀越芬芳／君不見婚姻走馬燈／到頭來樹倒兩敗傷」

　　潘詩的魅力，完全來自作者自然流露出的「應濃應淡，自譜畫眉；宜短宜長，親填搗練。」的才情上，潘君與夫人愛芬鶼鰈情深。潘夫人慧質蘭心，她不寫詩，但識詩，其品味，不下於天良，通過她的提煉，使潘詩更臻完善，詩格更為高雅華美，更凝重而洗鍊，正如曹佩英的題詠詩所云：「證取雙蓮入夢身，勝如畫裏喚真真」。在這裡，天良用樸素無華的語言勾畫了他們幸福的一生，寫出了對妻子的深情，寫出了這位賢妻各方面深深影響了他的點點滴滴。他的詩，真正寫出了情，那是人與人相處的深情，才人之間相知的歡情，生離死別的至情，也是超越了長幼次序和性別差異的人之常情。如此濃厚的家庭文化氛圍，以及聰慧敏捷、勤奮好學的個性，為他創作出優秀的詩篇奠定了基礎，使他的詩為人喜愛，流傳久遠。

　　卷三為「忘不了那年代」。潘天良旅美三十餘年，對國家民族的深情絲毫未變。從「我看見巨龍在東方升起／中華民族與列強並立／黃河呵，你的子孫在創造奇蹟／龍的傳人在書寫人類新章「（《黃河》）的詩句可見一斑。然而，他對往日經歷過的酷劫年代也沒有忘懷，他用通俗而幽默的自由體詩句，給後代留下深刻的記憶與教訓。」請看《山林之殃》：

「山鷹啊／為何你還在盤旋？／難道不知道／你已經無家可歸？／這山裏的樹林／早被我們砍光／用來燒成黑炭／填飽小高爐的腹腔／獼猴啊／為何你還在尋找／那已不復存在的樂園？／我們鋼鐵元帥升帳／早已將你的家園燒毀／青蔥翠綠的森林／已經變成焦炭／大躍進誰能阻擋？／鳥兒啊／不必再飛往別的山嶺／千裡山林都變成了禿頭／水土流失，風沙入侵／留待後人去對付／可憐的鳥兒呵／恕我只能說一聲／無奈！」

如此真實具體地見證大躍進、三面紅旗以及其他謬誤現場的好些詩篇，有待讀者細細去研讀。

我特別欣賞詩人少年時寫下的一首詩：《星》——少時的夢幻：

「在閃著銀色細浪的海邊／我躺在沙灘上困乏地思索／在夜空的翼下閉上了眼睛／遠方的星辰輕輕地把我喚醒／她閃著閃著，忽紅忽藍／純潔明淨如同深深的海洋／在微風中我聽見她的低語／『喲，未成年的繆斯，你又在沉思？』／好像洞透我一切／她用智慧的光洗刷了我的眼睛／又用愛的無比熱力／燒灼了我的心房／於是我打開眼界／乘風造訪整個世界／在我心靈的深處／從此點燃熊熊的火焰！／在閃著銀色細浪的海邊／我沉思的望著遠方的星辰／彷彿看見日夜思念的／一雙閃著微笑的眼睛……」

讀少年潘天良的詩，我們感受到一種天真、純潔的情趣。它彷彿具有一種深不可測的魔力。在作者筆下，天空、海洋、自由、理想、夢幻融合為一，短小的語句讓人

尹浩鏐

看到人生永不熄滅的希望之火。讀他的詩，如聽睿智而潔淨的歌曲，又好像在雨後的初夏清晨，推開窗戶，看到一個淡泊清透的世界，一切都是那麼清新、美好，可是其中的韻味卻很悠長、耐人尋味。

尹浩鏐

（退休醫生和教授，世界華文文學聯會理事，

拉斯維加斯華文作協會長）

詩序三

品味〈天涯詩韻〉

　　一直以來，我對現代詩都不大感興趣，一是因為好多我都不知所云，二是大都覺得淡然無味。但近日讀了〈天涯詩韻〉，卻讓我怦然心動，這是一種久遺了的感情衝動。

　　打動我的是洋溢其中的真情。

　　在「那個年代」潘天良跟其他知識分子一樣，遭受過種種打擊傷害，但他並沒有把曾經的苦難作情緒上的宣洩，更不會像某些人那樣咬牙切齒話當年。他對曾經虧欠他的祖國依然一往情深，多次回去省親和旅遊，寫下描繪祖國大好河山的《黃河》及《黃山》三首；又在《走婚》、《納西農家》等詩中真切地描寫了西南少數民族特有的風情。他的詩沒有高昂的愛國主義口號，但字裡行間處處流露出海外遊子的故國情懷——「我等遊四海／五洲留腳印／冷暖心自知／最熱故國情。」

　　當然，他的真情最充分體現在寫給妻子的詩裡。我與他的妻子陳愛芬有過一些接觸，她外秀內聰，是一個集中體現「溫良恭儉讓」中華傳統美德的女性。在「那個年代」，天良受到傷害，但也是在「那個年代」，他遇到了能與之共患難的女子，日後成為能與之偕老的妻子。那些「寄情山水」的詩，記錄了他們的幸福生活，我彷彿看到他們手牽手登上阿爾卑斯山的雪峰，踏進阿拉斯加的冰川。

　　良辰美景易見，心靈之美難尋。「愛灑人間」一輯，充滿了天良對友人親人尤其對妻子的真情。其中的《月圓詩》寫道：「八月十五月正圓／桂花吐清香／登月折一枝／送給愛

妻表心腸……在妳的港灣裡終身安詳。」這份情愛既浪漫又持久，這種醇美令人心醉。

　　儘管在藝術功力上三輯各有特色，但真情卻像一條紅線貫穿其中。正是由於真，所以沒有矯情，沒有生僻怪誕的詞句，因此我讀得懂；也正是由於真，才打動了我。

何煥群

（暨南大學前中文系教授）

何煥群（右二）和研究生在一起

海闊天空

　　這本散文集節錄了近年來潘天良在海外報刊上發表的文章，潘天良用細膩與敏銳的觀察力，寫出在美國與世界各地的所見所聞，同時也抒發了對過往生活的回憶。著墨的雖是平凡人平凡事，帶給我的卻是不平凡的感受。

　　本書的「生活花絮」系列，最讓我動容。「父親的照片」一文由一張照片帶讀者進入時光隧道，我可以在字裡行間中感受到潘先生父親當年任職空軍時，那種意氣風發的形象。這張照片是潘先生用生命作賭注而留下的，在文革時期風聲鶴唳的情況下，要保留一張「反動軍官父親」的照片，是多麼不容易？潘天良對父親之間的孺慕之情表露無遺。

　　「霧都的回憶」一文，藉著重遊兒時舊地，娓娓道來對日抗戰、與文革期間的生活，歷史躍然於紙上，一方面是對過往生活的追憶，一方面也對下一代起了警惕作用，千萬別讓罪惡歷史再重演。

　　潘天良尤其擅長寫遊記文章，他的筆就像是一個鏡頭，我隨著他的文字彷彿也走進了陽光明媚的夏威夷與冰天雪地的阿拉斯加。

　　潘天良寫隨筆，不只紀錄生活感想，同時也富教育意味。在「與狗同樂」一文中，寫到面對狗兒襲擊時，要將一隻腳提起，將膝蓋提到90度的位置，因為那讓狗感到前胸受威脅，會因此而卻步。

　　潘天良在星島日報《陽光地帶》（現改版為《美國風情畫》）的專欄名為「海闊天空」，正是他本人的寫照：他雲遊四海，有不同於常人的視野與胸襟；他歷經抗戰與文革浩劫，卻依然保有一顆赤子之心。希望讀者經由潘天良的文字，也能找到一片屬於自己的海闊天空。

湯曉霖

（作者為美國《星島日報》美西版前副刊主編）

散文序二

坐觀天下之遼闊

讀潘天良的文章是享受，也是學習。

這部散文集，涵蓋了生活小品，人物剪影，旅遊見聞感受，每一部份都真切動人，讀來如見其人，如聞其聲。我尤其喜歡讀他的旅遊散文，有別於旅遊指南，這是充滿人文色彩，內涵深遠的文藝創作。

他的文字自然流暢，初看樸實無華，再讀下去美辭華藻不時浮現，例如寫鳴沙山運動會的一段，充份流露作者的文字功力：

> 當健兒們下滑了十餘公尺時，沙山開始出現響聲，隨著滑速增加，聲音越來越大，現場觀眾聽到嗡嗡巨聲出自山谷，響徹長空，始如飛機聲，繼有擂鼓聲，雷雨聲，夾雜鑼聲、鐘聲、風聲，滑沙隊員感到山在震動，身似拋起，觀眾為之目瞪口呆。

從作者的譬喻，最能看出其人的文學慧心。潘天良文中常有清新脫俗，不落窠臼的比喻：

> 如果說，尼加拉瓜瀑布須用西方橫幅畫卷，方能展現其壯闊雄偉；那麼黃果樹瀑布則宜用中式的直立卷幅，去突顯那飛流直下的高挑秀麗。

幽默是引人入勝的重要元素，潘文中時有詼諧火花閃爍，例如：「瞎搞」在中文裡具有負面意義，夏威夷人卻崇尚「瞎

搞」的生活態度，作者利用不同語言的文字差異，再三著墨此點，讀來妙趣橫生。

在海南島三亞看到郭沫若的題詩，作者油生對這位諂媚當權者的無行文人之鄙視，而和以下列打油詩一首，無疑超越詼諧層次，顯現作者可敬的文人風骨：

「腦袋削得尖，官場更有天。波濁隨波流，侍主八面圓。
謳歌逢迎切，禦用文人臉。惜哉此名流，醜態處處演。」

潘天良的遊記不僅有感性的景致描繪，也有知性的文化涉獵，如行腳納瓦豪印第安人自治國，不乏寫景美句，也提到他們曾以外人不懂的族語為美軍通訊密碼，在第二次世界大戰期間屢建奇功。遊滑鐵盧一文，帶領讀者回顧拿破崙的崛起與敗亡，描述英法在滑鐵盧的決定性戰役，筆力萬鈞，鬼哭神嚎歷歷在目，能不摒息者幾希！

此外，寫瀘沽湖畔摩梭人的走婚習俗和麗江納西人的獨特人文傳統，也啟開讀者的視野，享受坐讀天下的遼闊景觀。

張純瑛

（作者是多才的女作家，曾任華府書友會會長，
現為電腦軟體工程師，華府音樂賞析沙龍會長。）

張純英

第一部　天涯詩韵（詩集）

絲路拾詩

——應中國作協邀請隨洛城作協訪華走絲綢路有感。

新疆酒

哈密瓜
新疆酒
甜甜烈烈暖心頭……

乾一杯
謝主人
情深意厚！

乾兩杯
謝文友
一路牽住我們手

乾三杯
齊歡慶
此行大豐收！

天池

——傳說王母娘娘設蟠桃宴與穆王相會於瑤池（即今
日的天池）。幽會時穆王信誓旦旦，答應每年來瑤池
與娘娘相會，誰料一夜風流之後便一去不返，害得娘
娘日思夜念涕淚漣漣。

走絲網路
飲天山水
飛雪染層林
湖光山色翠

千古美事瑤池會
嘆娘娘多情
偏遇負心郎
望穿秋水
不見穆王歸
天池盡是相思淚！

月牙泉

——月牙泉四周為沙山包圍，乾旱酷熱風沙滾滾，沙山
不時隨風移動，惟獨此月牙泉歷盡千秋險境，依然能
「山泉共處，沙水相生」，古人稱這裡為「仙靈異境」。

月牙泉
月兒彎
光彩照人寰

不掛天邊上
鑲進戈壁灘

遠看月一彎
近看沙山水影入清潭
漫天風沙吹不進
炎炎烈日曬不乾

千人看，萬人讚
茫茫絲路一奇觀
飛沙走石幾千年
埋不了
冰清玉潔一清泉

莫高窟

敦煌藏壁畫
稀世耀中華
上溯數千載
橫跨亞細亞

高窟立巨佛
經傳披彩霞

絲路藝術宮
並蒂古羅馬

懸壁長城

——嘉峪關長城勢如懸壁，同行者爭先攀登，吾因腿疾不能爬，詩以自嘲。

懸壁長城雄天下
翻山越嶺走峭崖
好漢奮力勇攀登
都說自己頂呱呱

這好漢不當也罷
皆因腿瘸實難爬
且看爾輩喘如牛
我獨乘涼柳蔭下

鳴沙山下的月牙泉

瀘沽湖

——川滇交界的瀘沽湖，四面高山入雲天，湖邊散落摩梭人的村莊，千百年來他們與世相隔，至今保持「走婚」的風俗，被稱為世界上最後存在的母系女兒國。

瀘沽湖

瀘沽湖，水如鏡
倒影青山山繞雲
阿夏[1]村歌陣陣飛
雙槳畫出片片銀

湖中花，白又嫩
阿夏村姑水中影
瀘沽湖水深又深
怎比摩梭阿夏情

---

[1] 「阿夏」是摩梭族對情侶的通稱。

格母山

──遠看格姆山像位睡美人，傳說她是個多情的女神，當她的情人發現她與別的山神幽會，一氣而掉轉馬頭，丟下定情珍珠，留下的蹄印變成瀘沽湖。

格姆山，睡美人
沉睡千年未知醒
臨湖看，益艷麗
秀髮披肩胸脯挺

格姆山，睡美人
長恨當年誤知音
淚灑蹄印竟成湖
珍珠化作綠島群
愛煞世間人！

走婚

──摩梭族有走婚的傳統，花樓便是幽會的愛巢。

摩梭園
樓閣美
夜夜春風魚戲水
返樸還真純蜜愛
鶼鰈情濃燕雙飛

摩梭園
樓閣美
杯酒酣睡夢境回
夢入花樓都是春
一枕黃粱不可追

背景為瀘沽湖和格姆山

黃山

山

億年風化
萬代變遷
誰劈出
這等怪石巉岩！

遙望山嶺
白雲圈圈
好一座飛來石
危立山巔

勁松作霓裳
雲霧巧打扮
才見雲海鎖千山
忽又晴空萬裏一片藍

這邊艷陽高照
那邊細雨點點
看眼前
一道彩虹掛山間！

松

盤根錯節
攀住這懸崖峭壁
一株株一片片
莽莽蒼蒼
巋然屹立

寒風冽──腰更挺
霜雪壓──更艷麗
閱盡千年春色
不食人間煙火
只把清香盈天地

雲

虛虛實實
輕輕飄飄
晴空裡
恰似白錦纏山腰

濃濃密密
瑟瑟蕭蕭
雨天下
烏雲壓頂山欲倒

眼前一座高峰
霎時雲封霧鎖全吞掉

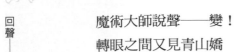

魔術大師說聲──變！
轉眼之間又見青山嬌

觀黃山雲海
嘆人世飄渺
何苦作繭自縛
且讓浮生如雲飄……

黃山的雨中飛來石

黃河

呵，黃河
我終於來到你岸邊
踏著黃色的泥土
吻著你的氣息

你橫跨中原大地
安詳地靜靜地流淌
我安睡在你懷裡
一如躺在母親的胸脯

曾幾何時
你激怒起來
奔騰咆哮，濁浪排空
將大地變成汪洋！

一次又一次
將歷代古都掩埋地底
一層又一層
沉澱出平原、三角洲

載負著五千年的文明
你顯得如此金光燦爛
你的乳汁哺養出
炎黃一代代優秀子孫

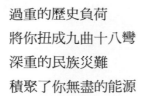

過重的歷史負荷
將你扭成九曲十八彎
深重的民族災難
積聚了你無盡的能源

你呼叫、吶喊、翻滾奔越
將五千年的災荒、戰亂
將民族的羞辱、仇恨
統統拋進歷史長河

我看見巨龍在東方升起
中華民族與列強並立
黃河呵，你的子孫在創造奇跡
龍的傳人在書寫人類新章！

黃河風景區炎黃二帝像

神農溪少女

——神農溪是三峽支流，舊日與小三峽異曲同工，我
們小艇的導遊，是當地一位土族少女

她立在船頭，
騎著激越的浪濤
揹起刀削斧砍的峭壁
有如霞光一道！

一葉輕舟
幾點竹篙
逆浪更覺精神爽
前行哪畏風浪高！

她不住講，不住唱
唱出春回大地江山嬌
唱出土族少女情意濃
唱得浪頭騷客心飄飄⋯⋯

神農溪與小三峽齊名
（左為名作家黃美之）

納西農家做客有感

——納西是雲南省一個少數民族

納西小庭院
農家房舍新
屋簷懸玉米
方桌迎客賓

枝頭蘋果綠
地下落花生
青菜豌豆角
採來宴客人

廚房爐火旺
鐵鍋炸煮蒸
碟碟香噴噴
碗碗農家心

火鍋滾燙燙
鮮美口不停
黃酒暖腸肚
啖啖主人情

男女頻招待
敦厚又單純

臨別立車前
揮手情意深

我等遊四海
五洲留腳印
冷暖心自知
最熱故國情

納西農家做客

九寨溝

金秋漫步九寨溝
山山水水披錦繡
遠眺群山鋪七彩
近看倒影水中游

世間何來此高手
繪出奇幻滿山頭
繡出寶石藍湖水
造出仙境九寨溝

九寨溝遊人如織

少林寺

嵩山少林新風貌
塔林高僧道行高
武功蓋世威天下
盛世華光一國寶

北美華文作家訪華團在少林寺門前留影

遊三亞

——同內子遊天涯海角，會見親人感觸良多

碧水青山遊三亞
憑臨海角抵天涯
二姐設宴海鮮城
把酒臨風話親家
人世變幻真無常
苦盡甘來是造化
撫今追昔空悵惘
不若灑酒逐浪花

三亞南天一柱

和郭沫若

——海南三亞「天涯海角」的一塊大石上，刻有郭沫若手書

海角尚非尖

天涯更有天

波清灣面濶

沙白磊頭圓

勞力同群眾

雄心藐大千

南天一柱立

相與共盤旋

郭詩刻於此實在大煞風景，故和打油詩一首

腦袋削得尖

官場更有天

波濁隨波流

侍主八面圓

謳歌逢迎切

御用文人臉

惜哉此名流

醜態處處演

金牛嶺公園有感

——海口市的金牛嶺，昔日荒山野湖，今時美麗公園

青山綠樹碧湖水
湖畔人影一對對
椰林裏，好風光
遊人如織蝶雙飛

獨立山下湖水邊
憶往事，心欲碎
忘不了那時日——
友人含冤投湖水……

「偉大導師」一聲令
萬千老九[2]成冤鬼
今日憑吊逝去者
願民主花開似紅梅！

---

[2] 文革年代稱知識分子為臭老九

三吟日月潭

——遊日月潭遇三種氣候，各顯姿容

雨過

雲開雨初散

輕紗半遮臉

霧裏看西子

春光玉容乍現

未見真容貌

癡心已狂顛！

日出

艷陽出雲端

好一派近水遠山

兩情相悅魚戲水

日月交輝成巨潭[3]

幾番酒酣望景樓

醉看雲彩戲山間……

---

[3] 日月潭狀如日月交接，故而得名。

霧鎖

繾綣情正濃

奈美人多變幻

看天邊，色欲暗

霎時雲封霧鎖

香閨褂珠簾

惜人生美景曇花暫

日月潭風光

雪峰

——登阿爾卑斯山

巍峨高山冰河湧
阿爾卑斯傲群峰
仲夏八月飛皚雪
遊子登高意正濃

阿爾卑斯山

冬宮遐思

涅瓦河升起一道長虹
迎我走進華麗的冬宮
宛如浮游在歷史的長河
觀文明步步攀上高峰

金碧輝煌的殿堂、器皿
栩栩如生的油畫、塑像
見證俄羅斯民族的興起
融進人類史詩的輝煌

涅瓦河翻出一條巨鯨
迎我走進閃電的東宮
流連在彼得大帝塑像前
心頭被他的故事打動

脫下君王的威嚴至尊
遊學西歐乃至當普通工人
苦心將科技文明移植俄國
奠定偉大民族崛起的基根

涅瓦河跳出一條恐龍
迎我走進咆哮的冬宮
阿芙爾樂巡洋艦一聲炮響
十月革命風暴橫掃西東

列寧無產專政叫世界驚恐
一個疑團結在世人心中
為何萬民擁戴的革命領袖
最終都露出君臨天下的臉孔

涅瓦河世代長流
文明深入核子飛出太空
一個問號掛在天邊
人類前程是天堂還是墓塚？

涅瓦河畔的冬宮

冰川讚

──來到阿拉斯加，才見識了冰川的真容

似雪不是雪

疑雲亦非雲

千秋臥寒山

冰晶玉潔身

遠離塵濁界

不諳俗世情

身堅如磐石

緩流不著痕

一朝身爆裂

空谷雷轟鳴！

阿拉斯加的冰川

澳洲行

——會廣雅校友有感

海外有勝境，碧波映綠洲
風光如彩畫，倒寫春與秋[4]

百年無戰禍，生民樂陶陶
勝似桃花源，福祉慕全球

茫茫路途遠，飛越三大洲
終見大劇院，雪梨頭上寶

摯友接返家，情深感淚流
相看鬢已白，稚心尚未休

同窗來相會，驅車共環遊
碧海沙灘白，美景不勝收

憶昔少年樂，純真結伴友
攜手荷池畔，珠海雲山遊

更謝同學會，歡聚粵茶樓
師尊神采健，校友相問候

品茶追往事，句句熱心頭
少時情最真，古稀喜敘舊

---

4 澳洲時令氣候與美國相反。

雪梨大劇院

雪梨校友相聚歡

卷二 愛灑人間

言志

不慕繁花鬧市
但愛寒舍幽庭
不慕股賈名士
唯愛摯友深情
不慕鶯歌燕舞
尤戀筆下伊人

拉斯維加斯作協新年聚會

怕

我怕
怕投入這一江春水
將我倆沖下
不能回頭

我怕
怕這比丘特的箭
將你我的心
完全穿透

我怕
怕這自古不滅之火
將彼此燒得
片甲不留

月下吟

花前月下酒一杯
未飲先自醉……
芳香百花釀
味醇似仙水
淺嘗勝蜜露
再嘗甘走不歸路
…………
醇酒釀自她心扉
醇酒斟自她唇蕾
珠珠滴滴甘且美！

你

你是一團火
將我的青春烈火點燃

你是一條河
載我來到無邊的樂園

你是一朵花
在我心中綻開，永遠……

充滿

腦海裡充滿你
熱血翻滾，昏昏迷迷

血管裡充滿你
愛液奔流，呆呆癡癡

心靈裡充滿你
日思夜念，忘乎所以

細胞裡充滿你
烈焰火海，奔騰不息

生命裡充滿你
青春常駐，勃勃生機

送你

送你一朵紅玫瑰
請你把她放置在枕邊
看著她你會想起我
知道我正苦苦把你思念

送你一朵白玉蘭
請你把她插在胸前
聞著她你會想起我
知道我日夜回味你的香甜

送你一隻百靈鳥
請你把她放在床前
看見她你會想起我
知道我最愛聽你唱的詩篇

情人信

像詩一樣美

像花一樣鮮

像深山的洪泉

噴發出內心的仙境

這裡是——

真情的來電

理想的櫥窗

夢幻的化身……

送你一朵紅玫瑰

春花

春日賞花花枝俏
無意採擷更艷嬌
留得暗香存心底
紅塵萬里自逍遙

春之花

月圓詩

──贈愛妻

八月十五月正圓
桂花吐清香
登月折一支
送給愛妻表心腸

那夜雲飛雲散
滿月半遮臉龐
椰林深處靜悄悄
聽你一曲金歌贈情郎……

數十載風風雨雨
育兒扶女扛起半天方
依然柔情若水，情濃勝酒
在你的港灣裏終身安詳

人道新婦自當勝舊人
我說醇酒越釀越芬芳
君不見婚姻走馬燈
到頭來樹倒兩敗傷

贈妻

——寫在愛芬五十歲生日賀卡

青春結伴
魚水情緣
漫步塵寰
攜手相牽

窮鄉陋巷
苦中猶甜
華燈鬧市
相依互勉

相夫教子
德性厚端
有此賢妻
福海無邊

苦中猶樂

妻的手

如玉的潔白
如花的細柔
比棉更溫暖
比冰更清透
觸到這雙手
心跳加速
電在全身環流
噢，這是情人的手！

電流化作恆溫
撫摸著我心身
飛渡關山歲月
這雙手不再嬌嫩
拂去家中灰塵
擋住風風雨雨
營造溫馨家庭
噢，這是妻子的手！

把嬰兒帶來世界
用愛澆灌幼苗
夜裏忙到白天
青春熬到白頭
這手呵，變得更加粗糙
身教言教手把手

笑看兒女走上金光道
呵，這是母親的手！

笑看當時的全家福

致仁宏

——給生平第一好友

絲不斷

水長流

少時好友

相憶白了頭

曾記否？

少年不知天地厚

白雲山頂誇壯志

珠海戲水笑激流

世紀如飛念故友

盼他日還鄉重聚首

斟滿杯

同敘舊

與少時好友吳仁宏（中間）在廣州天河

給植楠靄玲

——給生平第一摯友

植苗雲山上
楠木終成材
靄靄霧中行
玲瓏仙境開
天香鳴翠鳥
良辰美景在
愛心包寰宇
芬芳習習來

注：首字直行為植楠、靄玲、天良、愛芬四好友名字

雪梨會摯友植楠（右一）、靄玲（右二）

訪于家

——贈于晶于儀

三十年的故居
依然一塵不染
古老的紅木傢俱
陳列著當年的玉照紅顏

安黛縫紉社的艷裝
依然留下光環
于家一雙姐妹花
出落得品貌雙全

注：于儀曾入選為中國小姐，參加世界選美榮獲第三名，她的
　　服裝由母親的安黛縫紉社設計製作，榮獲服裝獎。

（人物由左至右）于儀、于晶、劉秀嫚

贈周愚

——周愚為洛城作協前會長，曾是飛將軍

手持一柄軍刀
飛越碧海藍天
雄鷹展翅萬裡
壯志直沖霄漢！

手執一支筆杆
繪山河，寫華章
字字吐出是真情
句句引來笑聲朗

不必跟他多談
橫豎他只有兩語三言
即使他一言不發
也樂於為你解疑難

在這個文學俱樂部裏
他是雜工跑腿和領頭羊
爬長城走絲路過三峽
他是個風趣旅伴

我敬他做事默默無聲
當要角偏愛坐台下

褒貶毀譽不計較

待文友一往情長！

與洛城作協前會長周愚（右）文驪（中）遊新疆天池

贈張明玉

──好友張明玉為著名戲劇作家

華光閃閃一明玉
贏得天下皆贊譽
娟娟素手寫春秋
寫盡人間千般劇

劇作家張明玉（右一）來訪

知音

——贈毓超與小郎

勿道天無垠
洛城有知音
倉老與小郎
世間倆善人

摯友情真切
平和易近人
事事樂相助
樸樸童子心

更兼同鄉裡
倍增故人情
祝君壽且安
陶陶樂天倫

贈劉庶凝教授

個子短小才氣大
耿直厚道敢笑罵
真知灼見凝詩篇
寄情山水走天下

劉教授在作協文學座談會發言

文友

為何鴻雁低迴
為何信鴿唱枝頭
噢，原來文友來訪
要到賭城一遊

不去賭桌發財
帶他觀賞奇幻的沙漠綠洲
燈火輝煌的不夜之城
還有多姿多彩的歌舞演奏

為何蜜蜂飛舞
在鮮花叢中駐留
那是文友在辛勤釀造
要把甜美的蜜汁供人享受

為何喜鵲在門前跳躍？
是文友新書已到火候
喜訊傳來新書發表
拜讀大作果真更上一層樓

前左二為洛杉磯華文作協會長古冬，
前右三為洛杉磯聖谷華文作協前會長
劉於蓉，後中為女詩人荻野目櫻

海燕

──贈畢業學生蔓瓊

陽春三月風光好
碧海晴空燕飛高
展翼鵬程三萬裡
豈慕花前月下草

昔日學生林曼瓊保存此詩30年，重聚時送還作者，令人感懷

30年後與學生重聚

天使

你素來信心十足
風雨無所懼
走千山，涉萬水
──哪怕柱著拐杖
你自信
柳暗花明春常在

怎料兩次大手術
將你捆綁在床
筋骨僵直
大腿被疼痛鎖牢
四天不能便
膀胱如針刺……
人生若此
不如一了百了
無限痛楚中
幸有天使輪番伺候
微笑的臉孔
親切的問候
苦海中看到美，嘗到甜
平凡的護士小姐啊
──人間的天使！

男助護

——給Dan

他粗眉大眼
肌肉壯實如拳師
「早安！」
他給你量血壓，探體溫
默默為你更衣、鋪床、倒尿
端來清涼的冰水……
睡前還替你洗腳板
「需要什麼，按鈴叫我」
沒有更多的話
只是默默地侍候

原不信男人能當好護理
Dan的形像叫你觀念全改變
天天盼望著他來值班
佩服這位土生土長的白人
體粗心細，服務不辭勞
聖誕節依然來值班

他開始跟你攀談
中年，未婚，老家在舊金山
「已經好久未回去過聖誕
有時真想念家鄉……」

悼國城

——摯友劉國城先生於2000年8月12日仙逝洛杉磯，痛
徹心懷，慟傷無濟，惟以此詩誌念

八月非嚴冬
何故飛霜雪
垂淚悼摯友
國城天國別

憶昔君健在
才華智商高
妙語驚四座
談笑宴客豪

赤手興家業
聲名揚四方
同行皆敬重
共事樂歡暢

鶼鰈四十載
惜妻疼兒女
富裕守勤儉
慈善樂捐輸

江海水悠悠
音容世長留
願君安天國
主懷越千秋

作者與國城瑞芝夫婦（右）在賭城中國城

悼張俊先生

——驚聞洛杉磯華文作協秘書長張俊（太白）仙逝，噩耗傳來，夜不能寐，憶及生前好友音容，惟以此詩誌念

在群星閃爍的夜空
您是平凡卻光芒四射的一顆
當隕石墜落環宇
您燃燒著最後一把火

默默為眾人辦事
您總是不張聲，不造作
豐富的學識與閱歷
只讓您顯得更謙虛，更大度

長者的風範，年輕人的心窩
年逾古稀不稍惰
做到老學到老
一如不止前行的駱駝

懷念您，音容笑貌伴山河
紀念您，為社會為人群貢獻良多
尊敬您，慈祥、穩重、可靠、謙謹
祝福您，靈魂安息天國！

卷三　忘不了那年代

春到維加斯

春到維加斯
遊子思鄉切
去國三十載
情緣未了結

夢裏見當年
猶驚腥風烈
仰首望神州
喜見春化雪

不是詩人

你不屬詩人的圈子
只想借用詩句的排列
將那個年代的親身經歷
隨記憶的漂流而呈現

現代人太過繁忙
競爭、奔波、拚打
電視、網路可以觀看全世界
哪有閑情去讀長篇大論

青年人不再知道過去
而過去正是未來的慧眼
你只想將荒誕時代的點滴
排成詩的句式讓人一目了然

你自認知識膚淺智商低下
讀不懂現代朦朧詩句
百年前的詩詞歌賦
倒比當下的澀句清晰明瞭

不敢向詩人桂冠挑戰
你只想盡過來人的職責
將歷史的謬誤重描
叫後代看懂而不費時光

廣雅

——我們的搖籃

踏遍神州大地
從東半球來到西半球
歷經大半世紀滄桑
回顧生命長河的快樂時光
只有在廣雅
——中學時代的搖籃

從紅領巾到共青團
多少豪情壯志與夢想……
在冠冕樓小小的實驗室
看到科學世界的奇幻
學識淵博的師長
引我們走進知識的迷宮

那是我們的黃金年代
度過最快樂無憂的時光
功課雖壓得透不過氣
禮堂的舞會依然熱火朝天
最愛早餐河粉加稀飯
沖上去打撈粥底的肉團

同窗結下的深厚友誼

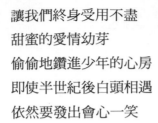

讓我們終身受用不盡
甜蜜的愛情幼芽
偷偷地鑽進少年的心房
即使半世紀後白頭相遇
依然要發出會心一笑

經歷了多少風雲變幻
領略過多少陰謀陽謀
走過七鬥八鬥的幽暗死谷
我們這代人早把什麼都看透
那個時代實在沒啥值得回顧
除了曾在生命中閃光的搖籃──廣雅

帳篷

——給測繪隊員仁宏

「在樹蔭濃密的河岸上
當夜晚寂靜的時光
帳篷下面起了喧響和歌唱
篝火也閃著光亮」

你們好嗎？
快樂的夥伴
我憧憬你們的野火
假如在另一個時候
我真會
過著你們這種帳篷的生活

星

——少時的夢幻

在閃著銀色細浪的海邊
我躺在沙灘上困乏地思索
在夜空的翼下閉上了眼睛
遠方的星辰輕輕地把我喚醒

她閃著閃著，忽紅忽藍
純潔明淨如同深深的海洋
在微風中我聽見她的低語
「喲，未成年的繆斯，你又在沉思？」

好像洞透我一切
她用智慧的光洗刷了我的眼睛
又用愛的無比熱力
燒灼了我的心房

於是我打開眼界
乘風造訪整個世界
在我心靈的深處
從此點燃熊熊的火焰！

在閃著銀色細浪的海邊
我沉思的望著遠方的星辰
彷彿看見日夜思念的
一雙閃著微笑的眼睛⋯⋯

不該去看

學校後面的跑馬地
空曠無人，丟荒多時
是我們少時追逐玩耍的天地
這天忽然人潮湧湧
士兵押著一排犯人
背插「反革命分子」
一陣槍響全部倒地

那時無知上前圍觀
只見腦漿混合鮮血冒著熱氣
……
真不該去看這些死人
害得我吃飯作嘔
惡夢連連無法入眠
小小心靈印下恐怖一幕

狗資本家

我們繫上紅領巾
滿懷革命的豪情
跟隨高中的哥姐
去鬥爭狗資本家

「你偷稅漏稅
五毒俱全！」
「你剝削壓迫
無惡不作……」

這商店的資本家
瘦得像一隻猴
點頭哈腰，兩腿發抖
「賬本很清楚，請你們查……」

「賬本誰不會造假？
早有人檢舉
還不低頭認罪？」
「坦白從寬，抗拒從嚴！」

幼小的心靈
初嘗了鬥爭勝利的驕傲
年少志氣大
我們是新中國的主人翁！

右派

他戴上右派帽子
連番批鬥打倒在地
明天就要離開
到農場去接受改造

臨走他盯我一眼
我渾身瑟縮冰涼
事情來得突然
確實出乎意料

上頭傳達明明白白
大鳴大放幫助整風
偉大領袖說言者無罪
怎麼突然風向大變

共青團的會議上
要求揭發反黨言行
那時我「進步」得可笑
將他平日的言談舉報

不料這構成他的罪證之一
專案組要我簽名押字
連做夢都不會想到
幾個人「檢舉」讓他勞教五年

大半輩子為這事愧疚
聽領袖指示陷害了別人
後來紅衛兵將我打翻在地
不也是來自同一指令？

爐火通紅

我日夜守在小高爐旁
不停往大嘴巴送進食糧
──砍大樹燒出來的木炭
嗨，爐火通紅，熱血沸騰
偉大領袖說「要超英趕美！」

從每家搜出所有鐵具
燒菜的鐵鍋也不放過
一股腦兒送進爐膛
嗨，爐火通紅，熱血沸騰
偉大領袖說「要超英趕美！」

校醫校護忙個不停
有人修爐從高處摔下
有人在爐旁被火灼傷
嗨，爐火通紅，熱血沸騰
偉大領袖說「要超英趕美！」

校園裏排滿煉出的黑鐵
像一個個馬蜂窩
又像一堆堆乾牛糞
嗨，爐火通紅，熱血沸騰
偉大領袖說「要超英趕美！」

山林之殃

山鷹啊
為何你還在盤旋？
難道不知道
你已經無家可歸？
這山裏的樹林
早被我們砍光
用來燒成黑炭
填飽小高爐的腹腔

獼猴啊
為何你還在尋找
那已不復存在的樂園？
我們鋼鐵元帥升帳
早已將你的家園燒毀
青蔥翠綠的森林
已經變成焦炭
大躍進誰能阻擋？

鳥兒啊
不必再飛往別的山嶺
千里山林都變成了禿頭
水土流失，風沙入侵
留待後人去對付……

可憐的鳥兒
恕我只能說一聲
無奈！

老九放牛

坐在樹蔭之下
看著我放的一群牛
悠閒自得地吃草
分散在山坡，草地
牠們多麼溫順、平和……
為什麼在人的世界
階級鬥爭天天講個不停
人與人非鬥個你死我活？

坐在樹蔭之下
偶見兩頭牛彼此用角頂撞
卻不打算置對方死地
別的牛也都不來參與
領頭的牛終於將他們分開
為什麼我們學校開鬥爭會
一窩蜂拳打腳踢如此殘忍
連老校長也頭破血流？

坐在樹蔭之下
靜靜觀看牛的社會
發覺比人的社會更平和
領袖說老九最無知
派我們到鄉下學放牛
我看到什麼？

看到──牛的頭領
比我們的頭領文明！

腫

你看看我的臉
我看看你的臉
不必貽笑對方
——都變成了豬八戒
浮浮腫腫
彼此彼此……

你捏捏我的腳眼兒
我捏捏你的腳腕子
不必那樣驚奇
——都變成了燉豬腿
腫腫脹脹
彼此彼此……

不能道出你在挨餓
不能道出野菜難熬
不能說飢荒遍野
你只能說：形勢大好
只能喊：偉大正確
——萬歲萬歲萬萬歲！

遊街

通街看著你們
排成長串
丁丁噹噹地敲打
——破臉盆
有節奏的呼喊：
——「我是牛鬼！」
背上插個尖頭木片：
——「狗崽子」
你的頭髮剃去半邊
——陰陽頭

你並未特別怨恨
你教出的學生
——純潔如水
對你一向敬愛有加
你只是默默地想：
為何一夜之間
小綿羊竟會變成
——牛魔王？
變得如此兇殘？
你想起天安門上檢閱的
萬歲爺爺
連小孩子都叫來
作政爭棋子
你忍不住發笑

啪！
一個巴掌打來
「笑，笑什麼？」
「還不低頭認罪！」
你的學生給你一個警告……

變臉

——成都看變臉表演

樂奏齊鳴，鑼鼓喧天
在一家老式的飯店
豐盛的川菜味美酒香
飯後戲臺開幕表演

川劇的曲調繚繞耳邊
一盅清茶賽過神仙
瘋狂的掌聲突然響起
臺上表演祖傳特技——變臉

一秒鐘，變一變
十秒鐘——變出十張臉！
我想起毛時代的「運動員」
一張張臉孔更善變……

方塊字

方塊字
一個連一個
連成一道橋
達古通今
詩經、楚辭
李白，杜甫……
三千年文明
國人驕傲！

方塊字，
一個連一個
連成四面墙
文字監獄
通古達今
西方自由
不合國情……
焚書坑儒
古怎比今！

叔父

為什麼把他批鬥？
是他諄諄教導我
要聽毛主席的話
做共產黨的馴服工具

為什麼把他批鬥？
他廉潔奉公
從不結黨營私
老實做好崗位工作

為什麼把他批鬥？
他留學日本加入共產黨
數十年如一日
兢兢業業為革命效勞

為什麼把他批鬥？
他在敵人心臟埋伏
白天國民黨晚上共產黨
白色恐怖下不怕砍頭

為什麼把他批鬥？
他為新中國鞠躬盡瘁
服務人民日夜辛勞
患病依然工作不休

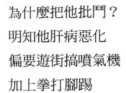

為什麼把他批鬥？
明知他肝病惡化
偏要遊街搞噴氣機
加上拳打腳踢

為什麼把他批鬥？
叫他英年早逝
留下孤兒寡婦
我失去了至親叔父

為什麼把他批鬥？
那時的黨只講一個字──鬥
如今將「鬥」改寫成──和諧
九天之下叔父想必欣慰

叔父潘沃權夫婦

舅父

親愛的舅父
你為什麼要用
那樣聰明的腦袋
去碰撞
那冷冰冰硬邦邦的地板
不顧賢妻正苦苦等待
三個兒女嗷嗷待哺？
你就那樣忍心地從三樓跳下
讓鮮血染紅大地？

親愛的舅父
你其實不用害怕
在全中國搞的「逼供信」
不知比你殘酷多少倍
那麼一點歷史包袱早已交代
組織也有結論
紅衛兵實在挖不出什麼新東西

你就是放不下尊嚴
知識分子的驕傲——尊嚴
因為在省局裡
你的知識技術首屈一指
人們說你是行家的「活字典」
凡遇困境走入死胡同
到你手上就迎刃而解

「運動」過後
他們依然要使用你的智慧
為什麼就如此輕生一走了之？

親愛的舅父
我時常看到您慈祥的臉孔
你溫順、老實、沈默寡言
你的愛心只用行動體現
在那飢荒的年頭
我變得臉胖腳腫
你出差來到那窮地方
給我帶來自家省下的糧油

親愛的舅父
你那時是總工程師
如果不是一場浩劫
怎會落得家破人亡？
幸虧你的基因流傳後代
三個老表都靠自己努力成才

舅父姚鏡福

老爸

老爸，我一生都虧欠著您
覺得自己不是個人
我知道您愛子真切
在天之靈會諒解那時的兒子
──人性已經所剩無幾……

無論大會小會
一旦受到批判攻擊
我就拿您做擋箭牌
「犯錯？」的根源全在您
「剝削階級的烙印」
「反動父親的遺毒」

我在國內罵您批您
您從國外寄來食物、僑匯
解救飢荒造成的水腫
嬰兒也得到奶粉而獲救
我依然要違心地批判：
「反動軍官，殘渣餘孽……」

明知您是驕傲之鷹
駕駛軍機歸附中央
抗日戰爭出生入死
一年立下八次戰功
我依然在批您罵您：

父母三姨與小時候的我

「國民黨搞投降主義……」

昧著良心是時代的特徵
撒謊是生存的手段
什麼父慈子孝天理良心
什麼親情友情人情愛情
統統是垃圾丟進茅坑
原諒我呵，那時別無出路

與妻子兒孫立成半圓
我在墓前向您寄託哀思
如果不是老爸您的慈愛
我怎能來到這自由天地？
多麼希望您能看見
兒孫輩在自由天地飛翔

父親與我、美蘭、天佑三兄妹

第二部　雁過留聲（散文選）

美國國慶之夜

　　我家後院隔著一條小溪，有一個大足球場。每年七月四日美國國慶那天，球場內外便被彩旗與氣球裝飾打扮起來，洋溢著一派節日的氣氛。入夜之後，密密麻麻的人群便擠滿了看臺和四周，觀看那節日的煙花焰火。本地的市政府每年都在此地舉行一次很有聲色的慶祝活動。

　　逢此時節，我常愛邀請三、五知己到舍下小聚，招待以簡便的自助晚餐。天黑以後，便排排坐在小陽臺上「隔岸觀火」，真是既安全又壯觀！只見那七彩的焰火從空中爆發，有如仙女散花，有如銀蛇吐信，時而點點紅雨，時而漫天飛絮，仰觀著夜空中萬紫千紅，變幻無窮的壯麗畫面，人世間的一切離合悲歡，榮辱恩怨，都不覺煙消雲散。

　　然而最有趣的還是到現場去觀看。因為在放煙花之前，還有許多精彩的節目表演。當你看著載歌載舞的動人畫面，聽著高音喇叭的雄渾樂曲，融合在千萬人群的叫喊聲裡，你才會真正感受到精神的振奮與節日的歡樂。

　　記得有一年，因為小女兒堅持要到現場去參觀，所以，晚飯過後，我們全家便來到表演節目的大球場，好容易在擁擠的看臺上找到位置坐下。夕陽西下之後，宏亮的奏樂便宣佈了慶祝活動的開始。先是唱國歌，以手按胸誦讀效忠國家的誓詞，然後是市政府官員講話，頒發獎品等儀式。

　　接著，操場上出現了兩支全副武裝，十分逼真的古代軍隊，紅色軍裝代表華盛頓的革命軍，灰色軍裝代表英國殖民軍。雙方各有一門十八世紀的古老大砲，士兵用大棒從砲口塞入火藥之後，只見紅光一噴，便爆發出震耳欲聾的巨響。其時，兩方軍隊也舉起長筒排槍射擊，挺進，衝殺！幾個回合的進退激戰之後，便發展到白刃相見的肉搏戰，終至屍橫遍野，慘不忍睹……然而華盛頓的革命軍隊終於獲勝，美國國旗終於迎風飄揚！生動逼真的表演將人們帶回了獨立戰爭的煙硝歲月，令人憶起英雄前輩的光榮業績，叫人聯想起長島之役，百靈頓之戰，約克頓大捷。

　　忽然，場內燈火一齊熄滅，周圍變成漆黑一片。在黯藍的天幕上，剎時間綻出朵朵閃光的蓓蕾，空中傳來聲聲巨響。一時間，千株花弁競艷，萬顆星光同墜，節日的焰火越燒越烈。運動場上的人群沸騰了，他們雀躍，歡叫，擊掌，吹哨，宛若墮入激奮歡樂的激流，又似進入童話般的幻景。

　　巨大的揚聲器傳來振奮人心的進行曲，宣讀莊嚴的說詞：「我們認為這些真理是不說自明的。所有的人生而平等：他們由其創造者賦與若干不可剝奪的權利，其中有生存的自由，以及追求幸福的權利。」當複述一七七六年七月四日的美國《獨立宣言》時，我感到在場所有的人，都顯得那樣自豪和驕傲。

　　國慶節焰火晚會的高潮，是在操場的一端，燃燒起一幅幅由火焰織成的巨大模型，有美國國旗，有自由女神，有戰鬥中的飛機與軍艦噴射著曳光彈……天上的火花與地上的烈焰，交織成一幅熾熱、迷人的畫面。

　　美國人的愛國精神在這慶祝活動中表現得那樣鮮明而具體，這是我平素在那繁忙、緊湊的競爭生活中從未見到過的。

原載《國際日報》副刊

萬聖節記趣

　　十月卅一日是美國人的「萬聖節」，唐人多稱之為「鬼節」。因為這一天，人們以扮鬼為榮，以觀鬼為樂。從大清早起，許多人就不惜工本化裝成各式妖魔鬼怪，招搖過市。不少舖面與住宅，都赫赫然掛出成副骷髏骨的架子，或兇猛的鬼怪形象。

　　我所在的公司頗重視這「鬼節」，每年都要發一次「鬼獎」。當日回到辦公室，就陸續看見各樣的「鬼」來上班，有青臉獠牙的，有披頭散髮的，有吐舌突眼的……忽然，一個很尖的聲音從背後發出，我回頭一看，只見一張鐵青的臉孔，一頭灰色的散髮，一副死屍似的突眼已貼近我的臉，如果不是大白天，我怕已經嚇得魂魄不附體了。

　　「嗨，你好嗎？」牠向我問好，然後大笑起來，從這聲音裡我才認出這正是我的好友麗莎小姐。她是我們公司裡有數的美人兒，藍眼珠，高胸脯，平時打扮得標緻動人，不想今天竟裝得這般醜陋難看。

　　午餐後，大家聚集在餐廳進行評選，以獎勵化裝最出色的「鬼」。只見參與競選的男鬼女鬼，黑鬼白鬼，乃至天使神女都一字排開，由評選小組宣佈獲獎者名次。

　　令我大感興奮的是獲頭獎者竟是麗莎小姐，因她化裝的盜墳食屍鬼（GHOUL）確實叫人毛骨悚然，當場獲得獎金一百元。照相之後，經過一陣鬧笑，各人便回到座位去工作。我斜眼望著坐在我左側的麗莎小姐，只見她端坐在電腦機的螢光幕前，聚精會神地操作著鍵盤設計她的程式，大概已經忘記她仍然是一隻未落裝的「猛鬼」。我禁不住在肚子裡發笑這不正是名副其實的「鬼妹」嗎？

　　然而萬聖節最有趣的時刻還是在傍晚以後，孩子們三五成群，化裝成各種妖魔鬼怪，逐家逐戶去索取糖果。我初來美國那些年，社會治安比現在好，孩子們也還年少，故也曾帶著他們去討糖果，其間的樂趣至今仍不忘懷。

　　入黑之夜，兩個女兒已「鬼」裝打扮妥當，一個獸面人身，一個類似白無常。出了家門不遠，只見遠遠近近的黑樹矮牆之間，似乎處處鬼影幢幢。手提兜袋，頭戴面具的小鬼大鬼，在黑夜中竄出竄進。「喊呵喊！喊呵喊！」，牠們一邊敲門，一邊叫喊。然後將索取到的糖果投進兜袋裡。我遠遠跟著兩個女兒，用同樣的方法逐家敲門，所遇到的主人家都開門笑臉相迎送糖果，顯得十分友好熱情。因此不到一小時，每人已搜集到大袋糖果。回到家裡攤在桌上，那五光十色的糖紙閃閃奪目，實在令人興奮快樂。

　　近些年來，萬聖節之夜扮鬼索糖果的孩子似乎減少了，大概是因為美國社會世風日下，治安不良之故罷！報載有的孩子因拿到摻了藥的糖而中毒的，也有歹徒化裝上門討糖而趁機打劫的。眼看許多孩子這個快樂之夜，正出現被剝奪的威脅，豈不惜哉！

原載《國際日報》副刊

右為孫女潘婷婷

「零層」追思

——寫於「九一一」兩周年

那樣湊巧，今年的中秋節，正好是911事件的兩週年，全國上下陷入對恐怖日子的追憶與哀悼。

靜靜的夜，立在院子當中，細看當頭中秋明月，似不若往年皎潔，下弦模模糊糊的，莫非月兒也在悄悄傷心？

去年的一個夜晚，我立在世貿大樓遺址面前，寄寓我的哀思，久久不能平靜，久久不願離去。

媒體稱作零層（GroundZero）的世貿大樓遺址，那時是一個長方形的凹地，佔地16畝，四邊用鐵絲網圍得密密的，周圍矗立著高樓大廈。好容易找到鐵絲網一個空缺，我將相機伸入裏面，才拍到一張照片，一張空空如也的凹地照片。

這是個無形的大墳場，埋葬著2792個冤魂——全世界最有智慧的專業人士的靈魂！不到數十分鐘，就屠殺了數以千計的人類才俊智庫。秦始皇如此殘忍，也只殺了幾百個儒，相形之下，這也許是有史以來對專業知識分子最大規模的集體屠殺。說恐怖分子是人類的公敵不會過分。他們為了達到自身的目的，對任何人群都可以大開殺戒。

人們前瞻後仰，想把凹地看個究竟，卻被鐵絲網擋住，只好退回外面的馬路。路邊樓房牆壁上，貼滿密密麻麻，大小不一的尋人啟示。

我用不著看，心裡已經知道有一位遠親曾埋在雙子樓之一的廢墟下，她名叫慧仙，與住在紐約的表妹是連襟姐妹。

世上就有這樣湊巧的事，她在911前三個月前才換了新的工作，在世貿大樓找到一個傲人的職位，每天歡天喜地乘電梯升

上三十三層樓上班——如果真留在這一層，也許會得救，因為大多數人在低層都有機會逃脫。可是偏偏在兩個月後，因為她工作表現出色，被提升到九十多層樓上更高級的部門。出事那天，原本輪到她休息，卻因一位同事臨時請假，主管請她替代上班，她一口答應，不想卻成了那位同事的替身，誤入九重天。

我一直在想像她美麗、聰明、進取和捨己為人的美德。她留下丈夫和一對可愛的兒女，我只能立在零層遺址默默為他們祝禱。

另外一個真實故事是在旅行巴士上聽來的：一位小姐在大樓出事後，隨大夥湧到底層大廳。外面煙塵滾滾，人人都以為大廳裡面較安全，不敢往外跑。她站在門邊，不意被人流擠出街道去，跟著一聲巨響，大樓倒塌，她震倒在地上，被濃煙和塵土覆蓋，在奄奄一息之際，忽然被一位大個子消防員將她抱起，送往醫院搶救。其後這位消防員又迅速轉身回大樓去搶救其他人。

她復原過來以後，家人及未婚夫深為慶幸，全家決心要尋找出那位救命恩人。查看了數百照片資料，最後發現那位恩人已經葬身火海……後來他們去訪問消防員的妻子，是位教師，遺有一子一女。

她和未婚夫成家後，時時忘不了那位大個子消防員，他們決定將他留下的兩個孩子認作乾兒女。

911事件兩週年，沖淡了中秋的月色，卻沖不淡美利堅的立國精神。這一晚，雙子高樓的遺址，射出兩道強烈的光柱，直穿雲天。寄寓了對死者的追思，象徵了不屈不撓，勇往直前的氣魄。

兩百多位蒙難者的兒孫輩親人，在悼念儀式上，含淚逐一唸出死難者的名字，數不完的哀傷，說不完的悲壯！各種族的平凡人士在險境中的相讓、相助、相救援，先人後己，捨己為人，給當代美國人寫上最新、最壯美的詩章。

原載《星島日報》陽光地帶版

真正的融入

常聽人說，既然住在美國，尤其是當了公民，就應當融入主流社會，如此才能爭取權益。

有人解釋說，入鄉隨俗、回饋社會、投票選舉、爭擔公職、做義務工等等，都是融入主流的行動。

這些當然都不錯，然而，參加了從伊拉克戰場歸來的華裔士兵座談會以後，對「真正的融入」又有了深一層的領悟。

座談會由拉斯維加斯華文作協主辦，從戰場榮歸的兩名戰士，一位名叫曾令瑋，他是美國空軍的機械師，其母馬文貞是作協的成員。另一位名叫阮健男，是美國海軍陸戰隊隊員。

戰士從伊拉克帶回來一份前綫食物。那是一個長方形的**塑膠袋**，裏面裝有：**主餐**——茄醬拌義大利空心麵；甜點——巧克力蛋糕、脆薄餅、蘋果醬、花生奶油糖；飲料——待沖水的蘋果汁、紅茶；其他還有口香糖，鹽糖等。其中最叫人開眼界的是一個薄薄的綠色膠袋，加入冷水後，能將主餐加熱到燙手。美國的高科技不同凡響，軍人即使在火線上，也能吃上熱呼呼的食物。在伊拉克的士兵，一天三頓都使用這種食物袋。食品會有變換，但不能隨意挑選。

最困難的是用水問題，他們曾經連續十四天沒有洗澡。即使洗澡，也限制在五分鐘內要洗完。想想看，一天不洗澡都難受得很，何況是在130多度的沙漠風塵中煎熬。

「第一次警鈴響時，大家經歷了一小時等待死亡的恐懼感覺。」年輕的戰士如實地講述他們初上前線，接受生死存亡考驗的心態。我們的華裔子弟兵，就是這樣同其他美國大兵，吃在一起，熬在一起，恐懼在一起，戰鬥在一起，勝利在一起。

若問「在前線，最感困難的是什麼時候？」

答案很出乎大家意外：最困難不是在高溫沙漠中宿營、行軍、打仗，而是戰爭結束以後，等待回家的時時刻刻。歸期一而再，再而三地延遲，那時對親人的思念，對城市的回憶，對和平生活的嚮往，才是最最難熬的。

有人問道：「有沒有想過，這場戰爭打到別的國家去，是不是一場正義的戰爭？」

回答是：「根本沒有考慮這問題。我們志願報名參軍，跟政府簽了約，一切聽從上級指揮，一心想著的是做好工作，從來不討論這些政治的事。」

有人問道：「在軍隊裏，華裔佔極少數，你們會不會受到歧視？」

回答是：「在前線，大家一心想的是如何對付敵人，如何保護自己，戰士同甘共苦，親密像一家人，沒有人想到歧視別人的事。」

自己也是提問者之一，聽完答案以後，倒覺得臉紅起來。我們的想法和華裔士兵的看法，如此風馬牛不相及，這就恰恰證明，真正的「融入」，要由下一代去完成。

在座的人自然對伊戰持有不同的觀點，然而都為華裔子弟真正融化在主流社會，給國家做了出色貢獻而自豪。

原載《世界日報》副刊

與狗同樂

因為童年時有過被狗咬的經歷，心裏一直對狗懷有懼意，傍晚散步時偶然遇上沒人領著的狗便怕牠幾分，遠遠即站住或繞道而行，時時提防牠追上來咬你一口。

無奈小孫女莉莉酷愛狗，她的洋人母親最近專程到德州花800元買回一條小狗，說是德國種的獵狗，長大後有半人高。我想起電影上納粹黨徒牽著惡軍犬搜捕猶太人的畫面，心想以後少入她家門為妙。

這天，洋媳婦約我到一家餐館用午餐，以便見見孫女和小狗。兒子開車帶我來到一個公園，一家美式小餐廳「Park Bench Café」就坐落在公園前的綠樹叢中。只見多數桌椅都排在室外，有太陽傘遮蔭，幾乎座無虛席。最奇特的是每桌食客旁邊都有一條或數條狗在開懷大嚼。

洋媳婦告訴我，這是少有的，允許帶著狗來進食的餐館。菜單也分為人吃和狗吃的兩種。我點了沙拉拌雞，孫女也為小獵犬克雅點了狗餐。許是年紀還小吧，克雅顯得很活潑可愛，沒有一點兇相，引得我也愛逗著牠玩耍了。

同桌有一位媳婦的女朋友，曾當過馴獸師，引起我的好奇心。她曾在舞臺上與獸類合作表演了十多年，最近才轉了行。她身旁牽著的是一頭神高馬大的獵犬，我對面坐著都有幾分提心。她卻對我說，狗不會輕易傷人的，除非牠受到攻擊。我問，如果狗向你撲來如何解圍？她說，要大聲喊「No！」，同時將一隻腳提起，狗感到前胸受到威脅，一般都會停下來。她邊說邊站起來，將膝蓋提到90度的位置。我想，這倒不失為一個應急自衛的好方法。然而到底是否真有效，還得經過臨場去

驗証才算數，最好對惡狗還是避而遠之為妙，從電視上不是看過一些惡狗咬人的血淋畫面嗎？

看看周圍的大狗小狗，家犬獵犬，都安安靜靜，有的伸長脖子在吃，有的舔著嘴唇，有的懶洋洋躺臥。許多人邊啖漢堡，邊看著或逗著自己的寵物，一派與狗同樂的情調彌漫，我深感自己的怕狗是過慮了。

原載《星島日報》美國風情畫版

美國乞丐

　　乞丐也許是美國社會中最可憐而較「善良」的一群，因為他們儘管衣不蔽體，腹中飢火焚燒，虛弱得步履艱難，卻不去傷害別人。他們只是默默地站在高速公路的出入口，街道的交叉處、或者平房，高樓簷下，手中持著一個紙杯，胸前掛著一個牌子：「我飢餓」、「我需要為食物而工作。」善心的人投一兩個硬幣進到紙杯裡，他便連連彎腰作揖，口中唸唸有詞：「謝謝你，謝謝你，願神賜福給你。」

　　不管太陽多麼猛烈，他們往往站在同一個地方一整天，乃至整個月，倘若是白人，則皮膚被烈日煎得赤紅似火，有的索性赤露上體，顯出白紅的身軀。仔細看看那蓬髮遮掩著的臉，往往長得頗為勻稱甚至秀氣。他極力搜索著每一個過路人的目光，遇到有人將視線投向他時，他便輕聲細氣地問道：「你有一些零錢嗎？」即使回答說：「沒有。」他也會有禮貌地說：「謝謝你！上帝保佑你。」

　　有時我想，假如他將手中的紙杯換成一枝槍，只要他使一個眼色，人們——包括我自己，便會立即將整個錢包，甚至一部汽車送給他。因為電視上不是天天勸導我們，遇到打劫，切勿反抗嗎？倘若有人要劫汽車，應無條件地將車鑰匙交出來，因為你的生命，畢竟比一輛汽車寶貴。更何況前些時，一位青年在接女友時遇劫，因為未立即交出汽車而飲彈暴斃的事例，依然震撼著我的心。

　　然而，美國的乞丐畢竟是可憐而又較「善良」的。他們只是默默地站在烈日之下，手中持著一個紙杯……其實，他只要橫了一條心，將這紙杯換成一把刀，或變成一枝槍，也並非難事。弄不好頂多進監獄，在牢房裡有吃、有穿、有床褥、有洗

澡間、有電視、有球賽，總比捲一張破毯子露宿街頭、挨飢受凍的滋味好一些。倘若犯罪後被追捕時，或到了牢房裡受到不公平待遇，民權團體會出來為之打不平。若因殺人如麻判了死刑，也會有人出來為反對死刑遊行抗議。然而對於乞丐的委屈與命運，有誰去鳴不平呢？

過去我往往將乞丐與酒鬼、吸毒者、精神病患者連結在一起，以為他們是咎由自取。然而近些年來，這些無家可歸的流浪漢已經遍佈各市區街道，他們多數只是老老實實，甚至彬彬有禮地站在那裡懇求施捨，很少異常的舉止。他們的牌子上常寫著：「失業ＸＸ月，尋求工作與食物」之類，足見越來越多的乞丐，是從失業大軍中淪落出來的。

在我上班的辦公大樓下面，終年站著一個乞丐，他雖然衣衫襤褸，且因久不洗澡而發出異味，但卻常常臉掛笑容，對施捨與不施捨者顯出必恭必敬的神情。通常我會抓給他兩個硬幣便走開，有一次忽然心血來潮，我帶他去近旁的麥當勞速食店買給他漢堡、炸薯條及飲料，他感激之神情至今仍留在我心中。在餐桌上，我禁不住問：「你過去做過什麼工作嗎？」他說：「我過去是機械技師，住在阿肯薩州。」我說：「你嘗試過再找工作嗎？」他笑著望我一眼，然後指著自己說：「你看我這一身，沒衣換，沒住處，誰會給你工作？」

一位搞太空工程的朋友與我談到失業的威脅時，很感慨地說：「中等階級的美國人，與街頭的流浪者，其實相距並不遠。因為他們平時的收入，都用在供房子、供車子、應付休假旅行，一旦失業，領完救濟金後，就要被逼拍賣房子、車子，變成一無所有，走頭無路了。」

此話聽來似乎有點誇張，然而，經濟衰退造成的失業與破產，實在令人談虎色變。試看那街頭路邊蜷縮著的乞丐，誰能斷言他過去未經歷過比我輩更輝煌的時日呢？

原載《國際日報》副刊

冰川

　　前陣子舉家乘遊輪去阿拉斯加，參觀了幾個城市，雖各有所特色，如漁業發達，有的保存了俄羅斯風味等，然大體與美國其他小城市也大同小異。八月天氣溫在五、六十度左右，比拉斯維加斯低了五十度，感到舒適極了。然而看不到我想像中的冰封世界終是一大遺憾，當地人說，過一、兩個月，房屋便會埋在深雪當中。

　　咬住牙花359元購直升機票，決心飛上高山之嶺去觀看北國冰原，萬未想到當天小雨下個不停，直升機不能起飛。幸而後來遊輪開進冰川灣（Glacier Bay），終於有機會一睹冰川的風貌！

　　第一次看到冰川是在阿爾卑斯山的白朗雪峰，纜車將我們吊到半空，遠遠看到群山之間，躺著一條波紋起伏的冰雪巨流，雪白中略呈暗藍色。人們興奮地喊：「看，那是冰河！」。後來在雲南省玉龍山又一次看到了冰川的雄姿。然而那兩次都在內陸，獨此次是從海上觀看。

　　船長親自播音介紹，說這是世上最美的冰川地帶之一。先是看見小塊浮冰在水上漂流，大的也不過籮筐大小，浮冰連成一片，在陽光下閃閃發光。接著就看見一條白色的冰河，自重重高峰之間，彎彎曲曲逶迤而下，一直通到大海。船靠近冰河入海之口便停下來讓大家觀看。那是一個看似靜止不動的出口，冰層靜靜地躺在那兒，也許一年移動不到數尺，然而一朝冰層崩裂，會將成噸成噸的冰團推入大海。

　　輪船轉了一個彎，出現了另一幅景致：大自然藝術家在堅硬的冰層中，雕琢出一片白色的冰樹林，皚皚冰縫間透出薄薄的藍寶石光焰，而那高高的尖頂冰柱，有如教堂或鐘樓，好一個白雪公主的童話世界。

許是久居塵寰厭倦了俗世，人們對冰晶之美趨之若鶩，讚嘆，拍照、久久凝視著。我想起哈爾濱的冰雕艷麗逼人，想起遊輪上裝飾宵夜餐桌的冰雕龍蝦，引動人流圍觀拍照。冰，是美的化身！

　　人們用「冰肌玉骨」用來形容清雅冷艷的美女。表面冷冰冰的美人兒，花花公子也不敢毛手毛腳。然而哪一位幸運兒能用真情將她融化，那冷艷中爆出的熱力，夠你終生受用不盡，花枝招展的俗女如何能比擬。

　　「冰清玉潔」歷來形容品格高貴，不入俗流。商朝末年孤竹國君的兩個兒子伯夷和叔齊，互相推讓國君的繼位，去國逃離。後來他們又因不恥周武王的不孝不仁，「義不食周粟」，以致「及餓且死」。太史公讚嘆他們「積仁潔行」，後人用「冰清玉潔」來讚譽伯夷叔齊。

　　以當今的世態來談論「冰清玉潔」，恐怕已相當脫離現實。然而作為理想境界，我想還是需要的，故作《冰川》詩自勉，詩曰：

　　「似雪不是雪，疑雲亦非雲。千秋臥寒山，冰清玉潔身。遠離塵俗界，不諳世俗情。身堅如磐石，緩流不著痕。一朝身爆裂，空谷雷轟鳴。」

原載美國《世界日報》副刊

醉松

「別墅」這個字眼很早以前就知道，都是從書本或影視上看到，以為是有錢人家偶一用之的玩意兒，大抵不是用來度假避寒暑，就是用來金屋藏嬌的。

萬萬沒有想到自己後半輩子也有機會享受「別墅」的清福。那是女兒和夫婿的小別墅，坐落在離拉斯維加斯不足一小時車程的查爾斯頓山上，內有兩房一廳，加上能讓孩子打滾的閣樓。

冬天，厚厚的白雪從院子一直覆蓋到門口，周圍的山峰，在一片白皚皚中露出青松的蒼勁。更遠的高處，是滑雪的場地，人們在賭場呆膩了，就驅車來到這松林環抱的地方，踏雪觀景，將城裏帶來的濁氣一吐而盡。

我更愛夏天的查爾斯頓山，從山下的悶熱大蒸籠，來到小別墅外的松樹下，氣溫驟降二、三十度，陣陣清涼滲透發熱的軀體，山風送來松葉的清香，深深地沁入心肺之中，世上再沒有比這更舒適的感覺了。

入夜，周圍靜悄悄的，唧唧蟲的叫聲，代替了賭城的喧嘩。我愛走出小別墅，沉醉於高高的松樹下面。在沒有燈光的黑夜裏，松枝頭上的星星閃爍得如此艷麗繁忙。只有在這樣的野外，才能深切領會到梵谷為何將星星畫得如此巨大。

我久久醺醉於松樹的清香裏，覺得這松葉的氣味，是百花難以比擬的，這是一種清而不濁，香而不膩，久嗅而不忍捨的氣味，它能洗滌俗氣，令人產生一種超然脫世，去俗還真的感覺。在這物欲橫流的世紀，尤其在聲色犬馬的賭城，嗅一嗅松葉的清香，會叫你心曠神怡，忘乎所以，「飄飄乎如遺世獨立，羽化而登仙」。

只有在高山之上，才能看到崢嶸蒼勁的松樹。記得我輩風華正茂的年代，被壓抑在一個密不透風的籠子裏，人們的個性都被改造成湖邊的垂柳，隨風飄蕩。每當到了山林裏，最愛看那參天勁松的雄姿，最愛呼吸那股松林的氣味，這清爽幽香的氣息常常令我陶醉，在半醒半夢的人生裏，在你打我壓，人人自危的世界，松樹的氣息會讓我振作，精神抖擻起來。

「松柏本孤直，難為桃李顏。」李白一矢中的，道出松樹的本性。我想起在中國的歷史上，在當今的大中華，都不乏具有松樹的氣息與風格的人物，他們面對嚴冬的霜雪，與松樹一樣孤傲、筆挺，直指雲天，永遠散發出清幽的氣息。

原載《世界日報》副刊

山上小別墅

春之花

我家院子裏有株桃樹，寒冬過去以後，光禿禿的樹枝上便綻出了嫩嫩的葉芽兒，不久，又在葉芽間爆出朵朵桃花，這粉紅色的花朵愈開愈茂密，以至於遮蓋了幼嫩的葉子，變成滿樹紅花嫩葉伴的一幅美景。

看見這一樹桃紅，我就知道春天已經來到了。「桃之夭夭，灼灼其華」，「紅入桃花嫩，青歸柳葉新」，「桃花亂落如紅雨」，連串讚美的詩句便不期然湧出，「桃花源」的奇異境界也若隱若現。

古往今來人們都在稱頌桃花之艷麗，間中即使有貶，諸如「桃色事件」、「桃花劫」，也與其美色分不開。

院子裏還有一株梨樹，初春開出一樹白花，也由嫩嫩的葉芽兒伴著，與火紅的桃花交相輝映，這邊是「梨花千樹雪」（岑參），那邊是「深紅映淺紅」（杜甫），無怪乎有人說「桃李無言，下自成蹊」。

在院子的一角，另一株果樹也在默默地發枝抽芽。人們看不見花的妖艷，也沒有色的誘惑，卻會發現一顆顆的幼果連接在枝頭——這是無花果。據說並非真的沒有花，只是花兒太小，羞答答地躲在肥大的花托裏面罷了，然而我每次看到的只是枝頭上大大小小的果實掩映在綠葉間。

新鮮無花果味甘甜，粵人說吃了可以去火助消化，製成乾果可煮湯入藥，《滇南本草》謂它「主清利咽喉，開胸膈，清痰化滯」。

美艷，自然人人愛之，爭相近之，無花果沒有花的艷麗，也許不會那樣受寵受讚，然而她結出的果實並不亞於桃李，只是各具特色罷了。

我想，天下大多數人也像無花果，默默地在盡自己的本分，能如桃李爭艷者實屬少數。如此想來，安心於自身這平凡的角色也不無意義。

原載《星島日報》陽光地帶版

一樹桃紅

購物小故事

一天，我在RALFS超級市場購買食品，排隊等候付款時，看見一個中學生模樣的亞裔少女，捧著一個破裂見肉的西瓜在我前頭準備付錢。我心裡暗想，這孩子真可笑，為什麼要買個破西瓜回去？

「給妳換一個好嗎？這一個已經破裂。」女售貨員非常親切地詢問。

「這是我自己打破的！」女孩子很誠實地說。顯然，她認為自己理所當然要負責買下這個破西瓜。

「沒關係，妳仍然可以換一個。」於是，她用電話呼來一位幫手，將破西瓜取走，換來一個圓鼓鼓的好西瓜。

這小小事情令我很有感觸，等到付款時，我便帶著稱讚的口吻對售貨員說：「那女孩十分忠厚，妳也是個大好人哪！」

女售貨員微笑對我說：「我們公司是以顧客滿意放在首位的。」

在這個萬事「錢」第一的社會裡，存在著這種誠實相讓的「買」與「賣」的關係，確實叫人感動。

我想起一些相反的例子。有一位女同事在大公司買了一雙高跟鞋，穿了兩個禮拜，自己擦破了鞋跟，便拿回去換一雙新的；有人為了參加朋友婚宴購回晚禮服，第二天便回去退貨；有人為了一次生日晚會的需要，買回一部錄影機，用了兩天然後退還，取回原款。一些人認為這是一種「聰明」的省錢方法，往往樂此不疲。

許多大公司是以多方滿足顧客需求為其推銷服務。人們喜歡在大公司購物，就是因為不僅貨物的品質較有保障，而且在不合適時便於「退」或「換」。這種任由顧客退換的銷售

政策，令人購買時無後顧之憂，如穿著不合身，物件不配搭，工具不合用等等，都可隨時拿回去退換。這種購買與退換的方便，是當今世界上許多國家享受不到的。

然而，隨著世風日下，這些自由已有日益縮減的趨向，好些大公司已不堪人們濫行退貨帶來的損失，逐步對退貨加上一些限制。例如，除提供單據外，還得保留衣服上的價目標籤；晚禮服與電器的退換受到限制；退貨時要問問為什麼，或只能退換不能退款等等。

而東方人開設的許多商店，則大多採取「貨品出門概不退換」的策略。我太太就曾因此吃過虧。那是在一家亞洲人開設的服裝店，她看到一條紅、白、藍三色的衣裙，覺得與百老匯百貨公司掛在衣架上的相差無幾，而價錢卻便宜一半，便很高興地買了回家。誰料等到洗衣服時方發現，紅色藍色都染到白色上面，成了「現代派」水彩畫。拿到原店要求退款，店東則說：「對不起，我們這裡規定不退不換。」

最近在威樹爾大道靠近韓國城附近，我看見一個黑人女子，每天中午時分舉著一個牌子，在一家成衣店門前站著，那牌子正面寫著：「THIS STORE SELLS DRY ROTTED GOODS.」（這個舖子出售劣質貨）背面寫著「THIS STORE SHOULD BE REMOVED」（這間舖子應當搬走），她單槍匹馬在那裡示威達兩週之久。

一天午餐後我又經過那成衣店，禁不住停下來跟那黑人女子交談，才知道她不久前在此店買了一條裙子，穿了幾天便告破裂，而店東卻拒絕退換，故此要來抗議。

我問：「妳天天站在此地，用不著去工作嗎？」

她說：「我在鐵道公司做事，現在正是假期，故可以每天用兩個小時來此抗議。」接著，她又說：「我知道他們是不會把錢退還給我的，但是，我要喚醒人們不要再受騙。」

　　她這種不妥協的認真態度，表達了美國人堅持消費者應受到保障的基本權利。但願少數人濫用退貨自由的事例，不至動搖主流公司的退貨自由銷售政策。也期望東方人做生意，要學學美國人把顧客擺在第一位。

原載《國際日報》副刊

老鼠會

　　一位朋友突然來電話，告訴我她有一個不必大本錢卻能發財致富，又能助人為樂的好生意，我答應去看看，她便親自開車來接我參加一個會議。

　　與會者約三十來人，臺上那位主持人聲如銅鑼，手舞足蹈。他告訴我們，只要每週賣出五件產品，就可以賺到手一百多元。這還不算，如果每週能夠找到一個人，一個月就有四個手下，每個手下也依樣畫葫蘆，下線的人數就會以幾何級數上升……而他們每人所賺到的錢我都能夠分得一份，如此下去，兩三個月以後，我將會升任經理，一年以後，繼續升遷，從「白銀」、「黃金」經理一直升到「鑽石」經理——這是收入最豐，榮譽最高的銷售網職位，年收入可達十萬乃至百萬云云……

　　當晚我興奮得無法入眠，一直在想像著那白花花銀錢向我衝來。我朋友那麼多，總會給我捧捧場吧，每週賣幾件東西，再找一兩個人來入會，大概不會成問題的。然而入會要先繳一百多元，倒是很頭疼的事，因為此賬得通過老婆大人這關。於是我照著會上那位「白銀」上司的說法，向老婆講解。

　　「天下哪有這麼大的蛤蟆當街跳？」老婆愣是不信。我便繪圖畫表，費盡唇舌去說服她，並說，這不過是件業餘差事，成則可發大財，敗也無傷大雅，頂多虧一百幾十元而已。

　　妻終於同意我去試試運氣。那時，我真個處於萬分緊張的狀態，下班以後，每晚打電話招兵買馬，帶人去開會，同時逐個親戚朋友家上門去推銷產品，鼓動他們加入我們的行列。

　　皇天不負有心人，我總算找到幾個下線，他們有的跟我一樣懷著發財的欲望，有的可能一半為情面捧捧場而已。但我已

覺得很受鼓舞。我按照公司的要求自己先購買產品，只有每月購滿一百元，才能夠分享下線的利潤。

幾個月下來，我的確領到過幾張支票，可惜面額少得可憐，妻給我算了一下，竟然虧多賺少，許多貨物買來無用，或轉手賣不出去，更不用算那無償的時間與精力了。叫人更氣餒的是手下的人多不爭氣，認真去做的只有一兩人而已。

我正在進退維谷，一位朋友約我去參加他們的會議。開始只是賣個面子，聽完以後，覺得這個會比我原先那個好，入會費少，又不用先買東西才能賺下線的錢。於是，我便跳槽到新的會。然而，結果也大失所望。

也許由於我易受鼓動，輕信，愛幻想發財，加上樂意給朋友捧場，便先後或同時參加了好些個直銷會。當時社會上都稱呼這種銷售組織為「老鼠會」，然而每個機構都宣稱他們絕對不是「老鼠會」，他們使用時髦的名稱：網絡推銷。

雖然每個「老鼠會」的名目、組織、待遇、獎勵各不相同，然而看多了聽多了就會發現，他們都有一個共同點，就是靠下線發財。推銷的特徵是：宣稱他們的產品無與倫比；價格一般比市價高；要求推銷員同時也是購貨人；在推銷產品的同時，盡可能將顧客也發展為推銷員。

三百六十行，行行出狀元。在網絡推銷的行業中，不乏業績佼佼者，他們發財致富令人羨慕。以他們為例，確實鼓動了大批人入會。經過實踐，我發覺自己確實不是這方面的料子。

前時看過洛杉磯時報一篇文章，對網絡行銷作了分析研究，結論是上層的人發大財，下層的人多虧本或得利甚微，入會者須三思而行。

近些年來，「老鼠會」大行道，無論是日用品、藥物、珠寶、電器、通訊等等，甚至連保險投資這些需要有相當專業知識的行業，也有採用網絡行銷的，不顧無執照推銷保險是違法的。

　　姜太公釣魚，願者上鉤，這是經驗之談。

原載《拉斯維加斯時報》

父親的照片

　　父親一張發黃的照片保存了數十年，得益於電腦技術的發展，我將它掃描進軟體記憶裏，加工以後不僅比過去更清晰，還可以隨時在螢光幕上放大來看，越看越覺得，父親當年的模樣比我強多了。

　　你看，他穿著空軍便裝，一支左輪手槍掛在皮帶上，與一排六人並肩而立，英姿勃勃。背後的一架戰機，有兩排老虎大牙齒，好不嚇人！

　　照片裏有兩位是美國人，後來父親告訴我，中間那位高個子美軍名叫Bruce K Holloway，戰後擔任了美國空軍總司令，那時他是十四航空隊（即援助中國抗日的飛虎隊）的一位中隊長。

　　看著這張照片，我不期然會回到童年的時代。那時我家住在空軍飛機場旁邊，父親是這個空軍基地的首長，飛虎隊就駐紮在這個機場。當時父親身經百戰後已從飛行員轉到地面任指揮員，負責指揮當地中國空軍與美國飛虎隊協同抗日。

　　飛虎隊叫日本人聞風喪膽的事，是我長大後才知道的，那時我記得的只是嗚嗚嗚的警報聲，隆隆隆的飛機聲，還有轟轟轟的炸彈聲，我們家眷都躲在防空洞裏，母親用手捂著我小小的嘴巴，以免敵機聽見我的哭聲？

　　如果不是警報，我最喜歡的是看飛機的起飛和降落，數著一架又一架飛機升上天空，每架飛機都長著一副大牙齒，那是何等樂趣的事！坐在那些飛機裏面的洋人叔叔，晚上常常到我家裏來做客吃飯。他們很喜歡喝酒，有時喝得醉醺醺的，就把我抱起來，使勁往空中舉得高高的，突然落下，又舉高……母親這時就十分擔心，連忙要阻止，但我卻覺得十分有趣。

來美國與父親團聚後，我看到他更多的照片，穿著威武的軍裝或飛行裝，背後的飛機有不同的型類，最初是雙翼機，後來是螺旋槳戰鬥機，再後來是轟炸機，這些都是父親開過的飛機。有時跟他一道看舊照片，他會指著與他合照的人說，某人某人在哪場哪場空戰中犧牲了，說得很感傷，因為其實與他合照的人，八成已經戰死了，他說自己是因為閻羅王點錯名才留下來的。他們有個「大鵬會」常聚首，那時我還住在洛杉磯，父親有時要我跟他一道去參加他們的聚餐，介紹我認識那些閻羅王點漏了名的世叔世伯。他們都已年過古稀，卻有說不完的故事和笑話，我常常聽得津津有味，激動起來便拍著胸口說：「我要把你們的故事寫下來！」只可惜打雷後不下雨，至今還沒有去寫，而世叔伯們都一個一個走了……我實在有愧於這些曾經為國出生入死的空軍長輩。

在所有的舊照片中，我依然對塗有老虎巨牙那張情有獨鍾，並不是因為其中有後來的美國空軍老總，而是因為收藏這照片有過一段驚險。那時我在大陸一所中學當教員，當紅色風暴吹進學校的時候，這張照片成為我極大的負擔，倘若小將們看到上面不但有我的反動軍官父親，還有兇惡的美帝國主義者，後果了得？眼見抄家批鬥愈演愈烈，大難要臨頭，幾次想將這照片燒毀。然而每次看著父親微笑的臉孔，便會憶起他的慈愛和關懷，一股親情便湧上心頭。在餓肚皮水腫的年代，父親從香港源源寄來食物，生孩子後父親已從香港遷居美國，還匯錢來支持我們，我實在捨不得毀掉這張照片。在風聲鶴唳當中，我急忙將這照片藏到廚房的一個破罐子裏。不久小將果然來抄家，將我的書籍、信件、詩文搬到大操場，與其他同事被抄的東西堆在一起，放起熊熊大火沖破夜空，這張照片能保留下來算是一個奇跡。

　　父親已經去世多年了，每看他的照片依然引我幽思。父親名叫潘澤光，1936年從廣州空軍學校飛行科畢業，在南天王陳濟棠屬下的廣東空軍服役。當時兩廣與中央對抗，為顧全大局，一致抗日，他毅然與空軍同僚21人，首批駕機投向南京中央政府，蔣公單獨與每個人談話並重賞獎金，此舉促成了廣東與廣西軍閥的瓦解。後來父親先後作為飛行員和地面指揮員，在中國空軍服務二十餘年，抗戰時期曾創下一年立功八次的紀錄。

　　父親這張照片在那時代曾造成我長期的精神壓力，只能偷偷去看，生怕別人憑此加罪給我：與「反動父親」未劃清界線，堅持反動階級立場。

　　那年頭做夢也不會想到，改革開放一些年後，父親回大陸探親訪友，意想不到地受到政府部門的熱烈歡迎接待。後來故鄉竟然掛出父親的照片，並附有光榮事跡報道，他的銜頭也從「反動軍官」變成「中國抗日空軍名將」。

原載《世界日報》副刊

父親潘澤光（右二）與飛虎分隊長B. Holloway
（左三）——戰後他曾任美國空軍總司令

中秋之夜

　　月到中秋分外明，可是在美國生活的這些年，卻從未正式慶祝過中秋佳節：一則因為下班回來，經過高速公路上停停走走的折騰，兩口子實在拿不出心緒精力去弄節日大餐；二則在美國吃雞啖肉已是家常便飯，不似昔日難得熬到過年過節才宰雞殺鴨，那股鮮美的味兒至今猶存。其實在美國過中秋節與否，對上班族來說也無大不同，有時甚至於會忘記，只是在看到推銷月餅的大幅廣告時，才想起中秋又到，於是在下班後繞道去中國城買隻掛爐燒鴨，另加一盒雙黃蓮蓉月餅回家，意在向自己和孩子們提醒：不要忘卻我們中國自古有之的傳統佳節。

　　中秋之月也確有特色，在飽餐之後，我愛踱出前院，舉頭細看那又圓又大，光燦奪目的當空明月，一種思鄉之情油然而生。然而一瞬之間我又猶豫起來，那消逝了的往日鄉情，真的那樣值得我去思念嗎？我似乎不能回答自己。

　　「爹，月餅切好了，還不快來吃？」是女兒小虹的聲音。她奉母之命來呼喚了，其實，她也不該稱「小」了，因為她已經是實習醫生了，所以在吃月餅時便對我嚴加管制，只允許吃一個月餅的八分之一，而且要儘量揀不帶蛋黃的一側給我，據說那是為防膽固醇過高之故。

　　夜裡，我躺在床上，將窗紗輕輕拉開，再仔細觀賞那掛在窗前的大月亮，極力想分辨出小白兔、嫦娥、桂花樹的影子，是的，童年時代聽過的神話是多麼美妙！可惜我對這些故事已經很模糊了，只有自身的一段經歷，卻像刀刻一樣留存心中。

　　同樣是這個皎潔的月光，同樣的靜悄悄的夜晚，我孤單單地躺在一張雙人床上，小小的木房已經空空洞洞，書本已經被焚光，妻兒也已被趕走，我被當作禽獸關著，不許越出房

門半步，外面有戴紅袖章的人——我的學生把守著。如果聽到走廊傳來沉重雜亂的鐵棍子碰擊地板的聲音，我就知道「不妙了」，又一次的遊街，又一次的凌辱打罵就要加在我頭上……最叫人難堪的是我最愛護的一個學生，對我特別的兇狠！

然而令我意外的是那晚卻過得很安靜，連守門人的鐵棍聲也聽不到，透過後窗可以看到一個蒼白的又圓又大的月亮，我忽然思念起妻子，還有小敏、小虹——她那時才一歲大，剛在學走路。每當下班回來，她會舉起雙手，搖搖晃晃向我走過來，笑得那樣天真燦爛……

望著那慘澹的月色，我警戒著，警戒著隨時會出現的槌門聲與吆喝聲……然而那晚卻安靜得出奇，我懷疑自己到了另一個世界——一個灑滿銀色月光的安靜世界……

忽然，我聽到幾下輕微的敲門聲，敲得那樣輕柔怯弱，我禁不住立即走到門前，輕聲問：「誰？」

「是我，開門。」呵，是妻的聲音！我打開門，瘋狂地抱住妻，還有我們的小寶貝！我將淚水糊在她們臉上，妻告訴我，今天是中秋節，紅衛兵都回家去了，她帶著孩子穿過學校後面的破圍牆來看我，幸好未被人碰上。

妻給我捎來兩個硬繃繃的月餅，因為缺油欠料，那時能吃到的餅都堅硬如石，而且雜七雜八的餡裡常帶砂粒，然而我卻

作者夫婦攝於海口一中

嚼得津津有味，彷彿那是世上最香最甜的餅——直到如今，我依然喜歡吃月餅，絕不畏懼膽固醇的威脅，不知其間是否與這段經歷有關聯。

記得一位詩人寫過：「一切都是瞬息，一切都會過去，而那過去了的，將會變成親切的懷念。」

望著床前的明月光，我發覺自己依然懷念著故鄉。

原載《國際日報》副刊

去留一瞬間

記得在洛杉磯居住時，有一天弟弟潘天佑領我全家到他工作的地方——噴射推進實驗室（JPL）去參觀。說是「實驗室」，倒不如說是一座科學城，這是美國太空總署無人太空飛行的研究、設計、及操作中心，中國火箭之父錢學森曾在這裡開始火箭研究和試驗。

那天是JPL的開放日，主題為「過去、現在、未來」。老弟帶我們來到太空操縱大廳的視窗，只能隔玻璃看見裏面一排排電腦操縱員的桌子。他一邊講解，一邊又帶我們參觀了火星、土星、木星探測器的實體模型，以及從這些星球軌道傳送回來的各種圖像，或模擬實體。

我知道天佑弟參與了飛往火星、土星等項目。他在JPL工作近30年，是深太空遙控通訊的主管，常常出差到世界各國參加科技會議。那時我三個孩子，兩個是博士，一個是工程師。聽著、走著，我對自身突然覺得有些愧憾，彷彿感到自己矮了半截子。其實，我小時候對那深邃的天空也有過莫大的興趣，常喜歡觀看夜空的銀河星宿，還能向少年朋友們指點北斗和牛郎織女的方位呢。想著想著，忽然萌生了一個幻覺，如果時光能夠倒流………

那是我一生最關鍵的轉折點。大陸政權易手前後，當過國民政府空軍軍官的父親，沒有受命撤退台灣，而是選擇定居香港。那時我正在廣州念初中，解放初期廣州和香港還可以自由往返。暑假期間，我回到香港探家。父親要我留在香港，我則堅持回廣州念書。那時對新中國的前景充滿無窮幻想，哪裏聽得進勸留的話？父親見我去意甚堅，加上當時經濟並不寬裕，

而大陸學費低廉，便勉強同意我回廣州念完中學再作打算。還記得在羅湖火車站告別時，弟弟那依依不捨的眼光……

誰知一別就是四分之一個世紀，當我厭倦了那裏沒完沒了的階級鬥爭，思想改造以後，便再也出國無門。在漫長的勒緊肚皮、艱苦工作而又戰戰兢兢的日子裏，多少次回想起離開香港的前夕，多少回想偷渡出去，多少趟責問自己當時為何那樣愚蠢？如果時光能倒流，我是否也能像老弟那樣成為博士、太空專家？

人生總有許多波折，「波」有起有伏，可隨波逐流，可沖浪戲水，總歸東流而去。「折」就大不相同，一個轉折，會將你沖進另一個軌道，走上一條不歸之路。

如果時光倒流半個多世紀，在那個人生的轉折點，我作了另樣子的選擇，在一瞬間選了「留」港而非「去」大陸，現在該是怎樣？是富翁，是專家、名教授，是政客，抑或已經見了閻羅王？這一切只有上帝才會知道。

還是從空想回到現實來吧，我是否當真後悔過往的大半生？答案卻是否定的，塞翁失馬，焉知非福？來到美國已是不惑之年，當了幾年小文員，不想還有機會用業餘時間到大學進修電腦課程，從文員轉到操業電腦，得以從大公司退休。如今兒女各有所長，孫輩健康趣緻，上帝給了我一個好妻室，日子不算富卻也無憂無慮，這不就是人生之幸遇了嗎？對於過去所經歷過的風雨波折，對同甘共苦過的同事、朋友和教過的學生，如今回顧起來卻產生一種十分親切之感，而在困境中所獲得的人生歷練，變成了自己的精神財富，這是置身海外不可得到的。

莎翁說過：「經過磨難的好事，會顯得分外甘甜」，這似乎就是對我大半生經歷所作的最好詮釋。

情人「阿哞」

《世界週刊》本月話題要求寫「情人」，我搜索記憶中過去的情人，首先想到妻，那時她正是花樣年華，我寫詩追求道：「像詩一樣美，像花一樣鮮……」經過同衾共枕數十載，滾滾燙燙的情海已化作涓涓暖流，蜜糖一樣的情話也只能埋藏心裏，不好意思再掛嘴邊。

我又想起初戀的情人，給她念過普希金的情詩：「我曾經愛過你，愛情，也許還沒有從我心中消亡……」然而，幾十年過去了，當我看見她的近照，怎麼也不願承認那就是我付出過激情的她，更何況她早已屬於他人。

然而我心裏還住著一位「情人」，不時會懷念牠。那是三十多年前的事了，現代人也許認為不可理喻。那時節，人都不講人話，或不能講人的話。如果有了情人，也得非常小心，一翻臉可能置你死地，於是我只好與牛交友談情。

很湊巧，當時我的任務就是管著一群牛，有十八頭之眾。其中，「阿哞」是我的最愛，連這名字也是我給起的。因為牠在曠野上走著走著，不時會「哞……哞……哞」地叫喊。牠這一喊，那群越走越散，或拖住後腿的牛，就會乖乖地跟上隊伍，絕不會走失一頭。

來到一塊山坡草地，「阿哞」便停住吃草，於是牛群夥伴也一律停下吃草，有的吃著吃著走遠了，聽到「哞……哞……」叫兩聲，便都會轉身走回來。十八頭牛，就像一個班，都跟著班長「阿哞」行動，紀律嚴明得令我吃驚。

發現這個秘密以後，我這個放牛郎可真優哉遊哉了，於是努力討好「阿哞」，常常牽住她慢慢走，用手輕輕愛撫她厚厚的脖子，和她悄悄談情話，其餘的一大群便都會跟著走。到

了水草豐盛處，我便在樹蔭下坐坐躺躺，有時還能偷偷看點書呢，牛兒都以「阿哞」為圓心，乖乖地圍在四周吃草，不必擔心牠們走散。

間中也有牛鬧事的時候，初遇時我緊張得神經倒豎，只見兩頭精壯的公牛，不知為何打鬥起來，彼此使出蠻勁，用角死死頂住對方，一進一退，步步為營。頂了一段時間，一方轉身想跑，另一方急追，逼得對方又回頭相頂。遇到此情此境，如何是好。如果有一頭牛被角刺傷倒地，我這放牛郎如何回去交代？

幸而當此緊急關頭，救星來了。「阿哞」先是在打鬥現場轉幾個圈子，然後徑直用角插進兩頭鬥牛之間。說也奇怪，居然很快就將兩頭打鬥得難分難解的牛分隔開了。從此以後，我對「阿哞」除愛以外，更添增一分敬佩。

然而絕大部分時間，牛群都是和平而安靜的，一頭頭龐然大物，都溫文爾雅地慢慢走，慢慢吃，只聽到用牙啃草的沙沙聲，看來，牛的世界比我們的世界平和多了。我牽著「阿哞」往前走，大夥牛兒就跟在後頭，我輕輕背誦魯迅的話：「牛吃的是草，擠出來的是奶」，「阿哞」聽不懂，卻深情地望望我。在那廣闊的大自然曠野，我對著「阿哞」大聲朗誦拜倫的愛情詩歌，或普希金的「致大海」，是絕對安全而不必擔心被告發的。

老九被遣送到鄉下去做放牛的事，雖然已經成了中華民族文明史應該忘卻的小插曲，我依然不時記起那個時代的情人「阿哞」。

原載《世界日報》副刊

海邊一座城

說那地方很遙遠，卻時時貼近心窩，午夜夢迴也見到。說那地方很近，卻離我一萬八千里，伸手夠不著，瞪眼看不見，白雲滄海渺茫茫。

那是一座海濱之城，在南渡江流出大海之口，稱為海口。在那裏，我織過瑰麗的夢幻，履過時代的險濤，享過困境中的柔情，嘗過人生的喜憂。今日故地重遊，怎不感慨萬千！

伴我度過二十個春秋的這座城，那時是座破落的舊城，三十年代遺留的一座五層樓，算是最風光的建築物，卻已破舊不堪。如今，這座海邊之城，已經搖身一變，變成一顆璀璨的海上明珠：林立的高樓大廈，夜間輝煌的燈火，通宵繁華的鬧市，傲對著南海滾滾的波濤。長長的一條濱海大道，伴著青蔥的椰林、鬆軟的沙灘和碧藍的海水，延伸十里看不到邊……

我真想忘記過往的貧窮、饑餓、災難，不再回顧那個年代人鬥人的悲劇，讓那過去了的，都變成一種鄉土的眷戀。

畢竟，在靜幽幽的椰林深處，在碧藍碧藍的海水之濱，我嘗試了初戀的甘露、甜吻的滋潤和人間的溫情，留下了終身回味的時刻。

畢竟，那如詩如畫的濱海大道，印過我的汗跡。瘋狂時代的「圍海造田」，原本為了解救肚皮，不想為今日如此優美的濱海公園鋪墊了地基。如今，在繁花、綠樹、芳草的美景中漫步的情侶和嬉戲的稚童，當然不會知道我輩在此經歷過的勞作——那萬人上陣，挑燈夜戰，扛土填海的偉大勞作！

金牛嶺在那裡？驅車到了，卻看見密密麻麻的樓宇商店，人們告訴我，步入那牌坊之後，就是「金牛嶺公園」，裡面湖光山色，林木蒼翠，鳥語花香。天呀，那不是我從前放過牛的

地方？我記得很清楚，山邊有一個很深的湖。曾經有兩位同事，十分敬業而有專業水準的同事，當年就是縱身跳入這深深的湖水自盡的。究竟是當時受到小將們的威迫，或是由於歷史家庭包袱太沉重，或是出於智者的自尊，促使他們走上這輕生的一步，現今當然不會再有人去追究了。人們漫步在青山綠水的畫圖中，誰人再去傻傻地追究過往的事。

　　「帶你到火山公園看看，那裏美極了！」一位好心朋友駕車帶我來到壯觀宏偉的火山面前，山腳已經人為地種上美觀整齊的樹木花草，層層的石梯帶你往上升，那是一座早已沈默的火山。用不著再攀上火山口，多年以前我早上去過，那是一個朝天的大碗口，碗裡面黑石懸崖，叢林密佈，黑壓壓見不到底⋯⋯

　　時光老人硬將我拖回被遺忘的往日，那時這裡還是老遠的城外荒野，根本沒有公路通過，方圓數里散落幾個貧瘠的村莊。我就住在其中一個村民的家裏，屋子由石頭壘成。他們種的是玉米、木薯，還放著羊兒滿山跑。主人是位善良的老

海口市近貌

農夫，他是那樣慈祥，幹活時，揀輕的叫你做，兩頓稀粥，他要從鍋底舀濃一些的叫你吃，永遠是那樣親切和氣。對於身經「百鬥」的城裡人，在這裡才嚐到人性原始的親善真情。

我跟他上山砍柴，那時周圍大樹早已砍盡，老農說，是大煉鋼鐵時期城裡人來砍掉的，要不然，山裡那愁缺柴草？來到環形的火山口，他不讓我跟他下深凹的地方，故意叫我在上面接應。山底黑石嶙峋，灌木叢林重重交錯，當他背著一捆柴打山凹攀上，手裡還提著一條杯口粗的斑紋蛇呢！

晚上一家圍著火爐，喝著清甜的「蛇湯」，我打心底默默感謝這位老農夫。

嗨，海邊一座綠色的城，憶不完的往事，數不完的悲歡。

原載《世界日報》副刊

滑竿

黃龍之旅已經過去一些日子，心裏一直不能忘記兩個青年人，個子比我略矮，瘦削，操四川口音。我拿出他們的照片，左看右看，都和我一樣的黃皮膚，黑眼珠，一樣的炎黃子孫。然而我們的境遇卻有天淵之別。

我知道在這寒夜裏，他們正擠在一間大屋棚裏，幾十人同住，每人一個鋪位。唯一的樂趣是喝杯燒酒，喝得臉紅紅，身發熱，然後鑽進被窩呼呼睡去。第二天大早，又重復每天的勞作——抬滑竿。每賺100元，70元歸老闆，30元歸自己，每月須繳伙食費400元。除了大雪封山的季節，大體每天都如此過。

「能找到這份工作，算是好運氣」，他們對我說。

當地人的所謂「滑竿」，就是抬轎子。我來到黃龍山腳下，才知道上山須爬坡兩小時，而且多是陡峭的石階。遊伴們紛紛上去了，我的髖關節老毛病卻將我難住，拄著拐杖也無濟於事。好在看見不少人坐滑竿，便決心嘗試一次。

兩個年輕人將我坐的轎子抬起，長長的兩根竹竿壓在他們四個肩頭，一晃一搖地往上爬。他們不斷地移動肩頭的竹竿來減少壓痛，口中有節奏地喊：「嘿，看滑竿嘍，嘿，滑竿來囉……」，「快閃開喲……」，以此呼叫擠在山路上的遊人讓路，可是好些遊客聽到喊聲也絕不相讓，抬滑竿的只好艱難地走「之」字形的路來閃避。常常還會遇到下山的滑竿老實不客氣地闖來，彼此險些相碰，卻能一閃避過。有的石梯幾成九十度，抬者發出「嘿，嘿，嘿」的呼叫以統一步伐，此時我的坐姿幾乎變成了面朝天空的仰臥姿態。

我的重量使他倆氣喘如牛，心裏實在難受，一直覺得他們的苦來自我的舒適，他們艱難的步伐，步步踏進我心裏，所以

每走一段我便叫停，寧願自己拄著拐杖走一段，好讓他倆有機會歇息一下。

「老闆，你真是好人！」

「你們這工作也真太辛苦了。」

「沒法子，要養父母妻兒呀……」

　　每到一個景點，他們便放下滑竿指引我去觀賞，並像導遊一樣給我作介紹，為我拍照片。黃龍風景的特色，是山坡上一圈圈弧型的水池，有如梯田一般往下擴散，清澈的流水源源從高池流下低池，時而形成小瀑布。水池彩色艷麗，與九寨溝頗有同工異曲之妙，尤其是黃龍古寺後山的彩池群，竟有數百個之多，層層交疊，色彩鮮豔奪目。

　　兩位抬滑竿的領我邊看邊談，告訴我這地名「黃龍」的來歷，原來是由於那一圈圈，一層層的彩池，從高到低綿延到山腳，遠看就像一條彩色斑斕的巨龍，在莽莽的山林中騰空躍起，他倆還指點出龍頭所在給我看呢。

　　我逐漸知道了他們家住在貧瘠的山區，上有父母，下有妻兒，靠種植玉米過活。家鄉缺水，交通不便，玉米市價又低，根本無法糊口，便只好出來打工，掙些錢去養活妻室老幼。他們心安理得幹這苦差事，一分一毫都存積起來撫養家小，中國農民這種傳統的親情深深打動我。他倆處處攙扶著我上上下下，盡量領我多觀看美景，讓我觸及一種純樸的愛。

　　我知道和這倆位青年的相遇，一如夜空的流星一閃而過，今後不會再見面，於是背著他們的老闆，在中途多給一些小費，也只能以此對他們的境遇表示同情而已。

原載《世界日報》副刊

四次手術一條腿，人工關節換新生

睜開眼睛時，喉頭、口腔乾得要撕裂似的，金頭髮的護士看出你的苦楚，將小冰塊放進你嘴巴，一陣清涼潤濕叫你完全清醒過來。你的記憶馬上回到手術臺大而圓的柔和罩燈下，只記得麻醉師才開始問你兩句，便已經沉沉睡去。

後來你知道，在那「睡」去的三個半小時，大夫將你左側大腿上部剖開，把損壞的髖關節鋸掉，安裝上一個人工造成的關節：將一尺二寸長，帶有球狀關節頭的一支合金股骨，插進原來的骨腔裏，再用螺絲釘將凹狀的髖臼固定在骨盆上……由於流血太多，一位不知名人士獻出的鮮血，已經在你的血管裏流動。

這是你在七年前第一次做的髖關節置換手術，你如獲新生，走一步痛一步的苦日子總算過去了。你居然使用這金屬的關節，走過絲綢路，上過陽明山，遊過阿拉斯加，還出版了有趣的遊記呢。

醫生說這新關節可以使用十五年，沒想到時間還沒到一半，行走又發生困難。你請教了專家，說是因為所換上的人造關節品質不夠好。你想起當時是使用一種較廉價的保健組織（HMO），看醫生和使用材料都受限制。

為了重新做手術，你轉用較昂貴的Indemnity（補償式）醫療保險。當醫生的女兒女婿也給你選擇了一流的手術醫生，名叫泰勒，是位出名的專門處理複雜病例的專家。他詳細告訴你新手術的程式：將舊的人造關節取出，植入最新最好的鈦合金關節。由於鈦合金的耐久性和穩定性，加上能夠和人體的骨肉融合，置換後的髖關節，將可終身受用不損。

　　你心裏樂開了花，滿懷信心上了手術床。可是，萬萬沒有想到，在取出舊關節時，才發現關節腔內有細菌，而之前驗血時卻沒有發現炎症的跡象。於是處理的程式要複雜多了：隔天再開刀，安裝一個臨時性的人造關節，裏面帶有殺菌藥物。接著還須吊打血管針六周，每天注入兩種強勁的抗菌素。經過兩個月的治療，終於清除了骨腔內的細菌，然後再開刀，取出臨時的人造關節，安裝上新的關節。

　　不到三個月，開了三次刀，換了兩次關節，你的身體變得十分虛弱，躺在病床不能轉動。幾天以後你被送到復健醫院，像孩提那樣學下地、學提腿、學舉步，用循序漸進的體能訓練逐步增強腿的功能，這稱作Physical Therapy。同時還訓練如何上床下床，學習使用一種特製的工具去穿褲子、穿襪子，還反覆訓練如何在浴室、廚房裏獨立活動，這稱作Occupational Therapy，所有這一切都由專業治療師指導。由於你的女婿是該院院長，你住上特等病房，獲得最好的照料。

　　你的妻子天天熬了肉汁，煮最合你口味的飯菜送到病房，因為醫院裏老外的食物實在難以下嚥。你的三個兒女，還帶了孫輩從不同城市來看你，朋友們送來鮮花和水果，躺在病床上的你真正體驗了什麼是親情和友情的溫暖。

　　小孫女給你的「Get Well Soon！」卡片文圖並茂寫：「房屋需要修理上漆」，「鋼琴需要校正音響」，「電腦需要改進程式」，「汽車必須維修保養」……孫兒們還用金粉銀粉膠貼在卡片上，造成美麗的圖案，引得護士們讚口不絕。

　　你下床以後，開始用助行器具苦練三個多月，終能丟開拐杖獨立行走。半年後居然能如常人一樣走路甚至慢跑了。能救回這條多災多難的腿而不至於殘障，真個要拜謝現代醫學技術的奇跡，更要感謝醫生和護士的精心治療看護。如果不是臥在病床上，哪能這麼深切地感受到白衣天使的可敬可愛。

你回想起這條腿，曾經歷了多少風風雨雨！「一失足成千古恨」這句古老話對你再合適不過了，你年青時生活在一個狂熱的大躍進年代，九百六十萬平方公里的土地上遍佈了煉鐵的小高爐。煉鐵的燃料打哪兒來？上山砍大樹，再燒成炭用來喂飽小高爐。

你當時就是被派到山上去砍樹燒炭大軍裏的一員。想當年，你是何等的熱心賣力，一心只想著指標任務，絕不考慮個人安危。那時用的是人海戰術，露宿在山頭，憑著鋸子和斧頭，從山腳一直砍到山頭。你一生一世也忘不了那浩大奇異的景觀：遠遠近近，每處山林都人聲鼎沸，一株株大樹應聲倒下，將樹幹鋸成小段後再鋪上泥土燜燒，夜間，一垛垛紅光在山頭閃現，漫山遍野燒個不停，燒出的炭卻少得可憐……

那時你自動請纓去最困難的地方做最艱苦的差事。就在一次趕任務時，你在山腰摔下，嚴重挫傷了股關節，不能行走，進院留醫多次。後來雖屢經治療，終不能復原，從此變成一個左瘸子。你不僅瘸著這條腿去上課，還下過鄉，種過田，圍過海，度過餓肚皮的艱難日子，有時腿關節發作起來痛得寸步難行，甚至不能轉身，你得咬住牙關挺過去。

這一生，你最感激的莫過於你的妻子，她明知你是個瘸子，依然敢以美貌健康之身嫁給你。還記得新婚伊始，你和妻子去一個大城市過暑假。誰知才過了沒幾天，你的關節病忽然發作起來，痛得寸步難行，躺著動彈不得。妻只好把你送進醫院，自己孤孤單單流著淚回去上班，這就是你能回憶起來的「蜜月」。這條腿後來一直成為你大半生的痛苦重壓。

申請出國的時候，你猶豫再三的是這半殘之腿，國外沒有大鍋飯可吃，能不能適應外頭的挑戰？然而，想到孩子的將來，想到呼吸自由的空氣，你決然申請到美國和父兄團聚。出乎意料的是，出國以後，你在美國獲得更好的治療，居然能夠

用右腿開車，有了更大的行動自由。如今又換上品質一流的人造關節，足以再次品嘗人生自由之樂。

有人說，骨科手術醫生是個工匠，使用錘子、鋸子、鉗子、螺絲釘，去修復人體的骨架子。這話不假，泰勒醫生巧手回春，解除了你數十年前一失足造成的千古恨，你是何等的感激！

你是個酷愛旅行的人，做了這次成功的手術後，你的願望是再到世界各地看看，希望能多寫出一些有趣的人生歷練。

原載《世界周刊》

風雨夜

住在美國西部，難得看見一場真正的風暴，對風的威力似乎已經逐漸淡忘。月前台灣一場颱風，造成18死、7傷、9失蹤，叫我回憶起許多年前一個颱風之夜，如果不是上天有眼，也許已沒有機會來寫此文了。

海南島如同台灣一樣，每年夏天都要打幾次颱風。聽到預報，如果是七到十級，大家不會緊張，雖然烏雲滿天飛馳，陣風呼嘯而過，遍地枝葉迴旋，還不至造成大災害。如果風力增到十一、十二級，情況就變得嚴重起來，家家戶戶得將窗戶加木條釘牢，颱風登陸前就要備好食物。學校停課，商店關門，除員警、救護人員等須堅守崗位外，居民大都守在家裏如臨大敵。當颱風中心移近，只見天昏地暗，風似魔鬼般嘶叫，摧枯拉朽橫掃大地，將大樹連根拔起，將瓦片揭去，把電杆推倒，不牢靠的房子倒塌，好在這種特大颱風通常並不多見。

偏偏我碰上的一次大颱風，是在離城三十多公里的窮鄉村裏。當時我帶領五十多個中學生，住宿在一座山神廟裏。當然不同於林沖剜出陸虞侯心肝的那座山神廟──裏面有金甲山神、判官和小鬼來保護。在我下榻的破廟裏，所有神靈早被砸爛清除一空，小半邊堆放著生產隊雜七雜八的農具雜物，大半邊經過我們清掃，打了五十多人的地鋪。那時鄉下沒電話，沒車輛，要步行半小時山路才能走到村裏。在這種環境下作為班主任，我對這個班的學生，自然具有最高的責任和權威。

當晚風雨交加，事先雖有通知說颱風來襲，但沒說多少級。一位帶我們到山廟裏的老農說，他觀察天象，可能風力很大，要多加小心。我一直沒睡，風從門縫窗隙鑽進來，那唯一抵住四周黑暗的馬燈，忽明忽暗搖搖晃晃。半夜時分，風聲大

作，如鬼哭，如狼嚎，瓦面嘞嘞作響，雨聲越來越大，如陣陣砂石砸到屋頂上。看看我的學生，少數因白天下田勞作太累，睡得正香，多數卻被風雨聲鬧醒，用惶恐的眼神投向我，害怕得不敢張聲。

忽然一團烈風不知沖破哪個缺口灌進來，將唯一的馬燈打翻吹滅，頓時廟裏漆黑一團，頭頂嘞嘞作響，學生們嚇得大聲呼喊老師。我預感到將有大難臨頭，當時不知那位神靈給了我啟示，讓我立時下定決心，命令學生立即撤離古廟。

我打著手電督促學生有次序地離開。外面是急風驟雨，什麼危險都有可能出現：隨風飛來的枝幹，大樹被風拔倒壓下來，山頂滾下大石頭，黑路踩上毒蛇⋯⋯一切危險都顧不得了。我領著五十多學生，摸黑踏著山裏崎嶇小徑，頂住狂風暴雨，摸索到村裏的生產隊部，那是座較牢靠的房子。幸虧隊長和幾位隊幹留守在那裏，為我們作了安排。

颱風過去以後，我回到山神廟看看，原來大半邊已經倒塌，剩下的也瓦頂全空通了天。好險！如果當時稍猶豫不決，不知有多少人會遭壓死砸傷，而那地方是沒有醫院和救護車的。

年輕人也許會問：好生生為何帶學生跑到鄉下去受苦冒險？皆因毛爺爺教導：知識分子要接受工農兵再教育。

原載《世界日報》副刊

忘不了那一頓

黎明前的大海，風平浪靜，掛在天邊的月亮，依然照著那一字排開的八艘小漁船。漁船之間，拉開七張長長的漁網。伸頭往船外看看這沉入海水的漁網，在黑藍的水裏，你會驚奇地發現一星星，一點點，有時一串串的藍色光焰，如流螢，如流星般滑過，有的進入漁網裏，有的擦邊而過。

漁民告訴我，這是夜間魚兒投入羅網的景象，光焰強的是大魚，暗的便是小魚兒。這景象平時是難以看到的，我想，也許是魚兒觸著漁網才會發出這閃光。聽說海裏的魚兒帶有燐的成分，至於發光的原因何在，我這個下漁村接受再教育的「無知」老九實在說不清。

天邊逐漸出現一縷魚肚白，漁夫們開始忙碌起來，他們大聲呼叫著，在船頭，船舷，船後忙碌操作，最後將漁網拉上來，我驚喜地看見船艙裏堆滿大大小小的魚兒，也看見漁民歡欣的臉容。

東方抹上一縷玫瑰紅，漁船開始返航。忽然有人叫我到後艙去，原來那裏已經煮好一大鍋鮮魚，人們正在從鍋裏舀出魚來吃，一位長者捧一大碗給我，叫我吃完再取。

先是呷一口湯，一種清、甜、美的味感立即觸動我的食蕾，禁不住連吞數口，然後夾起魚來吃，吃到好幾種不同的魚，那魚肉都是嫩嫩的，鮮鮮的，入口即化成極為美妙的感覺，這種感覺至今無法超逾，儘管後來嘗遍各種魚宴：什麼清蒸麻班、紅衣，什麼香酥龍利、紅燒雪魚，什麼甜酸五柳石斑、九層塔立魚，無一比得上那次在大海的波浪中跟漁夫一起吃過的，全無調味料的，只用清水煮出來的魚。

　　有時我想，這種極深的味感記憶，除了源於在漁船上的魚特別新鮮之外，也許還因為那時處於三月不知肉味的時代，能吃上一頓豐盛的鮮魚，自然終身難忘。試看今日天天能擺上餐桌的雞鴨豬牛，吃來總比不上回味中困難年代偶一嘗之的滋味。

　　漁夫告訴我，漁船上那一大鍋魚，都是他們能捕到的最佳海鮮精品，如果上了岸，不是供應各級首長，就是運到國外賺外匯。難怪漁夫們要先來一頓狼吞虎嚥。

原載《世界日報》副刊

春到維加斯

　　春的步履踏進拉斯維加斯，「百樂宮」（Bellagio）裏面的大花園，昂然立著數丈高的財神爺，腳下堆滿光閃閃的金幣，向車水馬龍的遊人賀歲迎春。一群可愛中國孩子的造型，穿著花兒編成的鮮豔服飾展現優美舞姿。花園裏面特造了一座花果山，猴王與幾只小獼猴兒攀附樹枝頭，構成一幅中國猴年大景觀。

　　曼德勒灣（Mandalay Bay）門前的特大廣告銀幕，打出「新年快樂，恭喜發財」的中文字幕。大年初三晚上，在這家賭場大酒店的表演大廳裏，香港資深的節目主持人沈殿霞（港人家喻戶曉的「肥肥」），匯合葉振棠等幾位著名歌星同台演出精彩節目，與上萬聽眾共同慶賀新春。

　　二十多年前在電視上常看到「肥肥」，此次才在離舞臺十幾尺的近距離看到她的盧山真面目，想不到歲月不留痕，她依然是肥肥胖胖，白白嫩嫩的，看去倒像個洋娃娃。臺上的她口齒伶俐，言談風趣，還能歌善舞。幾位明星的激情演出，使得身處異鄉的觀眾，感受到中國新年的極大樂趣。

　　其他許多大酒店如MGM，Caesars，Mirage，Palms，Palace Station等，不是有中國歌星的演唱，就是舉辦中國民族形式的各種表演慶祝活動，使賭城一時變成華人和世界各民族共慶春節的熱點。

　　一群美國人，換上中國式的傳統唐裝，穿紅戴綠，喜氣洋洋地聚集在海港海鮮酒家，參加一年一度的慶祝中國新年聚餐會。席開四桌，當中有醫生、教授、作家、外交官、旅遊愛好者、雖然多數已經退休，然而對中國的感情未曾稍退。他們都是美中友好協會的熱心會員，見面後彼此道賀中國新年快樂。

　　會長卓慧容帶來了中國年果，向大家解說中國人團年的風俗習慣後，特別介紹了一歲半的小客人莉莉，她嬌小玲瓏可愛，三個月前被會員阿麗莎從大陸某孤兒院收養為女兒，從此有了一位慈愛的美國媽媽。協會裏的人都知道，當教師的阿麗莎為了收養一個中國女兒，已經奔走兩年多了。

　　席間話題，離不開在中國的旅遊和經歷。談起在北京、上海、廣州、西安等地見聞，人人眉飛色舞，如數家珍。有的拿出路上購買的小玩意兒，有的帶來相片、畫冊、書本，相互傳閱，彼此讚許。

　　我確實為老美對農曆春節如此熱情，對中國人如此友好而大受感動。僅在一個月前，拉斯維加斯市長古德曼鄭重宣佈：每年12月17日為「排華法案撤銷紀念日」。1882年通過的這項極端歧視華人的法案，使美國華裔蒙受了半個多世紀的恥辱，經過民權先驅前仆後繼的爭鬥，國會才於1943年12月17日撤銷排華法案。如今華裔才俊輩出，在主流社會的政治、經濟、科技界都取得舉足輕重的地位，又有兩岸三地的迅速發展做後盾，與過去不可同日而語。

　　慶祝中國農曆新年，撫今追昔，怎不叫人感慨萬千！

原載《星島日報》陽光地帶版

我家的老大

前些時看了一篇談親子關系的文章，大意是說對孩子的叛逆性格，不必大驚小怪，不要壓制，有些叛逆並非壞事，相反可能是具有堅強與獨立個性的表現，對於將來立足社會很有好處。如果處處馴服，不一定能適應現代競爭激烈的社會環境，至少難有出色的創造性。

想想自家的兒子潘敏，生來就是個硬性子，主觀強，不容易接受意見。記得小時候教他，他常瞪眼表示抗拒，有時會頂嘴，甚至出走，為此，不知吞了多少口氣。沒想到來美國，他不僅適應得快，而且成了家裡的一根頂樑柱。

那是許多年前的事了，當時我家老大只有十二、三歲，還屬「天」（Teenager）的年代，一次他和鄰居的孩子打架，把人家眼眶打腫了，被告上門來。鄰居婆娘大吵大鬧，說什麼「你們是剝削家庭出身，上一輩壓迫我們，如今下一代還要欺負我兒子，不懲罰他就告到黨支部去。」

真是一派胡言，家父過去是空軍飛行員，抗日時期打日本鬼子九死一生，如何能壓迫到你家頭上去？

一肚子無名火起，這火燒的是那橫不講理的鄰居，然而手巴掌卻刮在自家兒子的臉上。記得那時兒子並不爭辯，只是流著眼淚默默離去。到吃晚飯時不見他回來，才慌了手腳，讓妻照看女兒吃飯，自己騎上單車就飛出去。幸而那城市不算大，兜了幾條街道，在一個街角的暗處見他呆坐在石階上。好歹把他拖上單車尾座，回到家吃過晚飯後，妻心疼地向他詢問情由，才知道是鄰居兒子一向嫉妒他的數學成績好，多次當眾侮辱他是「狗崽子」，忍無可忍才給了鄰居兒子一個重拳。

　　老大的強硬個性，使他來到美國後，很快就適應了新的生活。那時他十六歲，在成人學校讀了幾個月英文，便進入中學念十一年級，斗大的英文不識一籮，經過刻苦學習，終於跟得上班，畢業時還獲得全年級數學成績冠軍，他的名字被刻在光榮榜上，並且還考進了大學。

　　那時我家經濟拮据，他上大學便半工半讀，在老人院當洗碗工，在超市當推車工，到肯德基店炸雞，在林光車房當修車徒工。天沒亮就出門，有時深夜才回家，又打工、又上學，把一天時間排得滿滿的。

　　有時見他從修車廠回來，臉上還塗著來不及擦的黑機油，當父母的看在眼裡，疼在心窩。他賺來的錢，不僅供自己上學，還主動幫補家用，買東西給兩個妹妹。幾年後我家買房子，他正好大學畢業找到工作，便幫家裡付了一部分頭款，以後又幫助供房屋貸款。

　　大學畢業後，他考取了電訊工程師執照，在政府工程部門任職，設計了一系列通訊網，為警察醫院等部門提供先進的通訊系統。後來他參加了國際公眾通訊安全協會（APCO）的工作，致力於制訂和協調各地電訊頻率標准，並成為這個世界通訊專業組織的南加州分會主席。

01/01/2006

左起潘芸、潘敏、
潘虹三兄妹

我家三個兒女，具有三種性格。孩子的性格是否生來具有，學術上也許還有討論，然而要改變一個人，哪怕是孩子的個性，確實難之又難，即所謂「江山易改，秉性難移」。對品性溫順的兒女，父母自然不用多操心；如果家裡生出一個有具有反叛的性格或脾氣躁的孩子，為人父母者真得付出更大的耐心與精力。

　　　　　　　　　　　　　　原載《台灣時報》

女兒潘虹

　　一個明媚的夏日，我們全家來到ARROYO中學的大球場，參加女兒潘虹的畢業典禮。兩側高高的梯形看臺上，早已坐滿了衣飾整齊的學生家長及親人，不論是白人、黑人、墨西哥人或亞裔人，彼此相見都笑逐顏開，掩飾不住心頭的興奮快樂。畢業生一律穿上藍色的畢業學袍，頭戴四方帽。我努力用眼睛去搜索女兒潘虹，發覺她坐在主席臺上的一排學生中間，面對著台下最前排的校長及教職員。

　　典禮開始，大家唱美國國歌、念誓詞之後，便由學生會的領袖致祝賀辭。接著，請畢業生代表致告別辭——按照慣例，這個致告別辭的畢業生代表，必須是應屆畢業生中品學兼優、學業成績排名第一的學生，叫作「Valedictorian」。我驚喜地看見女兒潘虹十分鎮定地走上講壇，用清晰而明快的英語，充滿感情地發表告別演說——代表數百名不同族裔的畢業學生，向母校告別，向師長致謝，回顧成長的歷程，展望美好的前景……我看看四周的美國家長們，都在靜靜地聆聽，並且微笑著向我的女兒投以愛慕與讚賞的目光。短短幾多分鐘的告別演說，掀起了一陣高過一陣的熱烈掌聲，我內心禁不住湧起一股又一股的熱浪。是的，我為女兒感到驕傲，為她長了中國移民學生的志氣而自豪。

　　畢業典禮後第二天，本地區的英文報紙《TRIBUNE》以四分之一版的篇幅，刊登了特派記者的一篇專訪報道文章，題目是：「姑娘猛攻教育堡壘」。該文如實地介紹和描述了女兒潘虹（Alice Hong Poon）隨父母從中國大陸移民到美國，進入普通中學，如何遇到語言上的障礙，如何克服困難，到畢業時全部學科的平均成績都獲得「A」，成為致告別辭的畢業學生代

表，並且立志投考有名的大學，攻讀醫學預科。

我細看報上刊出的女兒的照片，不禁聯想起一些過往的事。記得在國內時，小虹從小學念到初一的上半學年，一直都保持著最優秀的學習成績，同時她還擔任班長、少先隊長的工作，每年都被評為「三好學生」。然而來到美國之後，一進學校就成了「瞎子」和「啞巴」。她被編排在八年級，即美國初中的最後一年，開始時她完全聽不懂老師的話，更無法與同學交談，思想上壓力極大。頭幾個月，她感到自己處於黑洞洞、迷糊糊的狀態。幸而學校設有特別班，專門在課後輔導學習上有困難的學生。特別班的老師雖然不懂中文，卻具有非凡的愛心與耐心。每天放學後，女兒都留在學校接受特別班老師的輔導，包括幫助她完成各項作業。同時，恰好班上有一位能講中、英兩種語言的同學，能夠將一些英文的語句翻譯成中文，女兒便努力向她求教，得到很大的幫助。還有隨身帶著的一本英漢小字典，也是女兒最接近的老師。每天回家以後，她繼續堅持學習，一直到深夜。經過近一年的努力，她在說與寫方面都有了明顯的進步，不僅能與同學交談，而且能寫出簡單的短文。這一學年快結束時，學校讓畢業學生自由書寫一篇講演稿參加競選，不想女兒那篇短文竟被選中，成為在初中畢業典禮上講演的學生之一。

在初中那一年，是女兒潘虹度過語言關的最困難的一年，她通過勤奮刻苦的學習衝過了難關，信心大增，為進入高中及其以後的學習打下了初步的基礎。

美國的中學在注重學業的同時，也很重視課外活動及社會工作。女兒潘虹在高中的幾年間，除用功念書外，還熱心投入各項社會活動，曾先後被推選為數學俱樂部、藝術俱樂部的主席，以及全加州優秀學生組織在本校分部的主席。同時，她也參加了學校的網球隊，常常代表學校參加校際比賽，所獲的獎

品獎狀至今仍存留家裡。

　　女兒參加課外活動，常常將家長也帶進去，因為他們很需要父母的支援。每次文藝晚會或球賽，從練習到上場，我和她的母親都得不厭其煩地開車接送許多次，並且每次都要去捧場。為了幫助他們籌募活動經費，我們常常要為他們推銷糖果，或者去學校為一些籌款活動做義工。

　　女兒也很熱心於學校的政治活動。有一天，她回到家裡，忽然很著急地請哥哥幫助她一同繪製宣傳畫，寫大標語，原來她決心投入爭取當學生會秘書職務的競選活動。在製作好宣傳品以後，她便與哥哥、妹妹一同去學校到處張貼，標語上寫著「請投票選舉Alice Poon當學生會秘書」。她自己也熱情地投入了一連串的遊說、拉票活動。皇天不負有心人，選舉結果她果然如願以償，擊敗了老美對手，當了學生會秘書——那時學校裡華裔學生寥寥可數，能獲得大多數占主流地位的白人及西裔學生支持，實在是可喜可慶的事。

　　女兒的品學兼優及熱心服務，給父母臉上也增添了光彩。每次參加家長會，我與妻子雖然因語言障礙無法與老師們順利交談，卻受到每位老師特別熱烈的歡迎。一見面總是說：「我為你的女兒感到驕傲。」然後十分親切地向我們敘述女兒的良好表現。那時中學的家長會每年舉行兩次，其方式有點像在跳蚤市場擺小攤位。每科老師各自坐在攤位上，桌前寫著學科的名稱以及任課老師的名字，桌上擺著學生成績表、記錄本及其他資料。家長們跟著自己的兒女在大廳堂裡走來走去，逐一去拜見各科老師及輔導員。我與妻子也由女兒領著，拜見了數學、物理、英文、體育、生物等科目的老師。我們不能像美國家長那樣，坐著與老師詳細交談，大抵只是半懂不懂地聽聽老師們的一些讚揚話語而已，然後便只能說一聲「Thank you！」因為那時實在講不出幾句像樣的英文去表達內心的感受，所以

半小時過後，我們已經拜訪完全部學科的老師。接著女兒又領我們去到擺著糖果糕餅的桌前，喝杯咖啡吃糕餅……

女兒在ARROYO中學念書的四年，是她逐漸適應美國生活，一步步成長的過程，也在我心中留下了一幅幅很有詩情畫意的影像，至今不能忘懷。

女兒中學畢業後，如願以償地考進了加州大學（UCLA），由於學業成績和社會活動的表現都符合要求，她獲得了多項獎學金，例如：州立大學董事會獎學金，加州大學校友會獎學金，洛杉磯醫學協會獎學金，美國銀行獎學金，CIGNA保險公司獎學金──該公司是我的工作單位，每年在全國各州四萬多職員的子女中挑選十名優秀者發給獎學金。此外還有在中國城頒發的湯姆·華生律師獎學金，以及吳氏兄弟企業獎學金（即當時的和平·愛華超級市場）等等。

有些機構頒獎的儀式十分隆重：醫學協會的頒獎儀式在一個環境優美的高爾夫球場內的城郊俱樂部舉行，父母都被邀請一同去參加晚宴，氣球與鮮花將宴會大廳裝飾得十分華麗，醫學界與教育界的許多人士都應邀出席。用餐當然是西式的，不外是沙拉、雞肉、甜品之類。其間伴有悅耳的音樂。用餐之後繼續舉行舞會，一直鬧到深夜方興盡而歸。

美國銀行的頒獎典禮規模最大，在洛杉磯市中心的喜來登大酒店內舉行，氣勢宏大高雅的宴會大廳內，排開宴席二三十圍，侍者彬彬有禮地引領我們入席。這次頒獎典禮除邀請父母之外，可另加兩位親友。女兒特地邀請在太空中心（JPL）工作的叔父潘天佑博士及嬸嬸來參加──女兒這些年來無論在學業上、生活上受到他們的幫助實在不少。參加宴會的有許多是銀行界、教育界及本地政府部門的頭面人物，個個衣冠楚楚，言談自若，瀟灑得很──近些年來美國經濟衰退，不知美國銀行還有沒有那樣大手筆地花錢在培育優秀學子的善舉上。

　　轉眼間許多年過去了，如今女兒潘虹已經成了醫學博士。她在UCLA讀完了四年大學和四年醫學院，實習一年後，又考取了醫師執照，接著進入USC（南加大）醫學院和洛杉磯郡醫院攻讀放射專科──這個專科包含了當代影像診斷的一系列最新科學，諸如電腦掃描、超聲波診斷、以及電磁共振影像（MRI）等等。她每晚啃書到深夜，熬完四年才能完成專科課程。其後，再做一年博士後研究員，專攻MRI的一個專科。總計從進入大學到成為一個有特長的專科醫生，須走完十四個春秋的漫長路程，遠遠超過「十年寒窗苦」！

　　「路漫漫其修遠兮，吾將上下而求索」。女兒終於求索出一條造福人群、也獲益自身的路。

原載《中國孩子在美國》

左起潘虹、潘芸、潘敏，三兄妹在舊日海口的海灘上。

天賜的女兒

　　最近到矽谷附近探訪三女兒潘芸，她在一間大醫院裡當驗眼醫生。從洛杉磯爾灣大學畢業以後，她就到舊金山附近著名的柏克萊大學所屬的Optometry School念了四年，獲得驗眼醫師博士學位（OD），其後就一直留在北加州工作，目前是Kaiser醫院的驗光醫師。

　　我們每年去見她一兩次，她的一雙可愛的兒女，見外公外婆來到，歡喜得蹦蹦跳跳。跟他們一起，我們造訪了北加州的許多孩子遊樂場。

　　我在大陸時已實行計劃生育，當時按規定只可以生兩個孩子，為什麼會有老三？每當朋友問起，我就會說出一段「天賜」的故事。人們遇到奇跡或不可理喻的事情，總會追溯到天上的神靈，我也只能感謝神靈的賜予了。

　　那時我從城市中學下放到「五七」幹校去勞動，任務是管理水果場和放牛。兩個月後我被文化部門抽調回城裡，搞文藝創作應付會演。妻留在農場負責撿牛糞工作，懷了孕並不自覺。那時難得回城一次，等到回城裡醫院檢查出來時，胎兒已太大，一位女醫生基於保護母體安全，不同意做人工流產。當時節育政策還寬鬆，通知單位後便保留了這三女兒。試想，誤了流產期又遇上人道好的醫生，你說這不是天賜的嗎？

　　廣東人說「來（末）女拉心肝」，小芸自小受全家寵愛，我常讓她騎在背上，模仿牛馬用四肢爬行討她一笑。她愛哭，膽子較小，去哪兒都要讓母親抱著，小小年紀的姐姐也常要抱她逗她玩耍，哥哥常製作許多玩具給她。在幼兒園裡她硬不讓老師關門，怕的是看不見姐姐來接她。

　　她九歲來美國念小學，成績一貫優秀，但總差一點點追不上姐姐，姐姐常拿100分，她則拿99或99.9，回家常為考試出現丁點兒失誤懊悔不已。姐姐中學畢業時成績為應屆第一，她畢業時是第二。

　　然而她是完全的美國化，在中學是女子網球隊主力，害得我常常要開著老爺車子送她到處去參加比賽。長大後，我和妻最愛聽她來電話的聲音，說話就像美國姑娘那樣客氣，語調非常溫馨非常甜，聽她說話你會覺得世間一切都是美好的。

　　她和丈夫信奉基督非常虔誠，每週守禮拜，當教會義工，每頓飯都要全家手拉手禱告。與她來往的都是教友，一切生活都與耶穌分不開。他的丈夫後來辭去計算機工程師的高薪工作，一心去攻讀神學和傳教。

　　也許這女兒是天賜的，她自然屬於天父，對父神無比崇拜理所當然。

原載《拉斯維加斯時報》

我的第一位美國上司

聽到露芙去世的噩耗，我彷彿著了電擊一般，感到萬分沉痛，痛失了一位良師益友，失了一位對新移民充滿博愛之心的美國上司。

最後一次見到她是在她退休那一天，看去雖然白髮蒼蒼，卻依然目光炯炯。她像平常一樣，臉上永遠掛著慈祥的笑。這一天，她顯得特別激動，擁抱了每一位同事。公司特地為她舉行一個歡送會，表彰她為公司忠誠服務了三十一年。

桌上擺著兩個巨型蛋糕，其中一個是我特地跑去中國城買來的。雖然那時我已經調離她管轄的部門好些年月，我對她的敬重分毫未減。臨別時，她在我頰上親了一個響吻，說：「退休以後，我希望能去中國旅行。」以後聽說她搬了家，我再也沒有機會見到她。

第一次見露芙是在見工問話的時候，那時我移民來美國才半年多，僅在成人學校學習過一些簡單的英文，後來又到華埠服務中心接受了短期的職業訓練。見工那天，一位輔導員領我來到威樹爾大道一座大廈的第十六層樓——我過去從未在這樣高、這樣雅致的辦公室做事，更未曾用英文去應對過工作問話，禁不住心頭顫抖，兩手發涼。

然而，當我抬頭看見一位頭髮花白的女主管，用十分慈祥的目光迎接著我，沉重的心情立即減輕了一半。

「我名叫露芙・司特利安那。」她迎上前與我握手，請我坐下。「很高興見到你。」她說。

接著，她像閑談家常似的詢問了我的住處、家庭、過去的職業、專長等等。當她知道我曾在中國當過教師時，臉上浮現出喜悅的神情。然後，她讓我做了一些有關數目與邏輯方面的

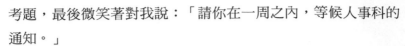

考題，最後微笑著對我說：「請你在一周之內，等候人事科的通知。」

幾天以後，我果然接到了被錄用的通知，這是在美國得到的第一份工作，我高興得抱住妻子跳起來。我一家五口已經在老弟家住了半年有多，如今找到了工作，我可以在美國過獨立的生活了。

我穿上筆挺的西裝進入保險公司的檔案室，露芙十分親切地領我到預備好的座位，然後又帶我巡視辦公室一周，介紹有關人員與我相識。接著，她緩慢而仔細地講解我應做的工作。歸結起來也很簡單，不外是按著順序編排檔案與收發文件而已。

檔案室的同事除我之外，全是洋人姑娘，她們之間的談話，我多半聽不懂，所以只好埋頭做事，極少開口。在休息的時候，她們愛嘻嘻哈哈講笑話，我連一句也聽不懂，有時不免疑心她們是不是拿我這個啞巴來開玩笑。

露芙似乎看出我的心思，便對我說：「姑娘們愛說愛笑，如果你跟她們交談，英文一定進步得快。」

我意識到，聽和講是新移民的兩只攔路虎，不闖過語言關，就不可能融入主流社會。於是便主動去接近她們，硬著頭皮與她們談話。我這才發覺姑娘們都十分友好，雖然我講得結結巴巴，詞不達意，她們都耐心地聽，並且時時糾正我的「中式」英文句法。露芙更是處處細心指點，有問必詳盡解答，她對一個新移民的真摯與熱忱，實在令我終生難忘。

檔案室在中國大陸是一個機要部門，過去普通人都望而生畏，不敢沾邊。工作人員必經過三查六查，儼然特殊階層。在美國，檔案室雖然是公司的重要部門，但由於用不著專業技術，雇員的職別與待遇都比較低，是文員的入門階梯。許多人做一段時間，就找機會轉到較高的部門。露芙卻十年如一日，主管好檔案室，不斷訓練新的職員。

她對下屬像一位慈母。每逢聖誕節，她都送給每人一份精美的禮物，還自掏腰包，請大夥到高級的西餐廳享用聖誕大餐，這是除全公司聖誕聚餐之外的額外節目。檔案室的女孩子們都知道東道主露芙很慷慨，便毫不顧忌地點上平素的最愛：諸如紐約牛排、芝士蛋糕、霜淇淋、馬格利達酒之類，直到人人吃飽飲足，喝得臉蛋紅紅，方才盡興而歸。

　　每當有人生日，她都會買一個生日蛋糕，讓檔案室的全體同事聚在一起慶賀一番。記得我生日那天，同事們合起來請我去吃午餐，露芙特地買了一個冰淇淋大蛋糕，大家邊吃邊談，有說有笑。那時我已經可以開口講幾句英文了。

　　忽然心血來潮，便將過去生活的一些趣事告訴她們，她們都聽得津津有味。露芙那天興致特別高，講述了她丈夫在二次大戰期間，曾遠赴中國參加抗日戰爭的往事，並且表達了退休後要去中國旅行的願望。

　　有一天，我正在辦公室裡做文件分類工作，忽然感到一陣震蕩，架上、桌上的東西四處飛、周圍發出啪啪的響聲。我意識到這是地震──置身在第十六層高樓，如何能逃過此劫？

　　我正不知所措，露芙已站在中央，高聲叫道：「不要恐慌，快鑽到桌底下！」

　　這時，整座大樓就像小船在海上搖晃，透過玻璃牆壁，我看到遠近的高樓，都像鐘擺那樣晃動。十幾秒鐘後，一切才恢復正常。事後露芙對我說，她曾經歷過多次地震，這次不算很大。

　　她又問我中國有沒有地震，我說：「光唐山大地震就死二十多萬人呢。」

　　她驚愕得瞪大眼睛吐出舌頭來。

　　到年終做工作鑑定的時候，露芙給我寫了很優秀的評語，工資也增加了百分之七──這是最高的增幅。

　　意想不到的是，她讀完鑒定以後，忽然對我說：「你很有進取心，我想你不會滿足於檔案室的工作。我打算推薦你參加公司的保險專業學習班，學會專業知識，才有機會提升。」露芙每週安排六個小時讓我去上課，還告訴我，公司設有上大學的助學金，如果在大學修課考試及格，學費可以由公司報銷。

　　我真是喜出望外。然而，我的英文基礎這樣差勁，要學習保險專業，談何容易！每聽完一課，我得用十倍時間去溫習，因為在開頭時，每頁課文的字句，有百分之七八十得靠著查字典才能明白。那段時間，我每晚都苦讀到深夜。露芙時時給我打氣，盡她所能回答我一些疑問。

　　經過近兩年的苦學，我居然讀完了六科保險課程，並且領取了每一科的合格證書。不久，我便得以轉到保險業務部門工作。其後，我又利用公司提供學費的優惠，在晚上和週末去大學上課，先後修完了包括程式設計在內的電腦基本課程，後來轉到電腦部門工作，就很少有機會和露芙見面了。

　　許多年頭過去了，每當我看到桌上擺著的由露芙贈送的珍貴小禮品，就仿如看見她那親切、和藹、微笑著的臉。她對於像我這樣一個新移民的關懷與期望，永遠激勵著我前進的勇氣。

原載《國際日報》副刊

卷二　海角天涯

國中之國

——納瓦豪印第安人自治國

　　在猶他州、阿里桑納州、新墨西哥州、科羅拉多州之間的四角地帶，有一個納瓦豪國（The Navajo Nation），他們有自己的國旗、總統、員警以及三權分力的國家機構。1868年美國政府和納瓦豪的印第安部族簽訂了一個協議，宣告雙方永久停火，並劃出一個印地安保留區，成立自治政府，美國政府在經濟文化上給以多方援助，這就是納瓦豪國的由來。

　　驅車來到納瓦豪，看到的是一片世外奇景：一望無際的大沙漠當中，孤零零地立著一座座紅色的石墩子，仿如小山崗被削去斜坡和尖頂，形狀和排列各各相異其趣。遠遠看去，有的像中國塞外的烽火臺，有的排列成萬里長城的一小段，有的活像一排樓房庭宇，有的讓你聯想到鐘樓和教堂。大自然雕塑出來的藝術精品，叫人目不暇顧：擎天的石柱看去像華盛頓的紀念碑；石山中的的圓孔有如一面鏡子；紅石山頂立著一個孫悟空，轉到一側卻變成了玉觀音……

　　這是美國僅有的的塞外奇異風光，好萊塢的導演爭相前來這裡取景上鏡，從往日的西部牛仔片，到現代的動作片、科幻片，有許多場面都以此地為背景。納瓦豪人很以此為榮，展示室裡掛滿大明星的劇照。約略計算一下，曾經在這地區拍過的電影：二十年代有「The Vanishing American」，三十年代有

「Stagecoach」，四十年代有「Kit Carson」等六部，五十年代有「The Searchers」，六十年代有「Sergeant Rutledge」等六部，七十年代有「Joshua」等七部，八十年代有「The Legend of The Lone Ranger」等四部，九十年代有「Back to the Future III」等五部。

華裔導演吳宇生導演的「風語者」（Windtalkers），描寫了納瓦豪人在二次大戰中的巨大貢獻。結尾部分，納瓦豪族的美國士兵復員返回家園，給觀眾展現了納瓦豪一派美麗而獨特的風光。

這電影也被譯為「烈血追風」，二次世界大戰時期，美軍的密碼常被日軍破譯，吃盡了苦頭。為此，徵召了幾百名印第安納瓦豪族人入伍，訓練成專門的譯電員，用納瓦豪族語言作為美軍的密碼，因為日本人聽不懂這種少數民族的語言。這些譯電員被稱「風語者」，每個「風語者」都肩負著美軍的機密，因此，每人都有一名海軍士兵貼身保護，確保其人身安全，如果譯電員即將被日軍俘獲，保護者必須殺死他以保證密碼不外泄。

太平洋戰爭進入白熱階段，美軍在某太平洋島嶼與日軍進行殊死搏鬥，美軍某部傷亡重大。在關鍵的時刻，指揮官帶著來自納瓦豪的印第安族通訊兵，在炮火連天的前沿陣地，探清敵人的兵力部署，用納瓦豪語密碼向總部報告，隨即派出飛機準確無誤地摧毀頑敵陣地。美軍由於使用這種密碼而打過許多次勝仗。

日本人即使截獲了電訊，也為無法解讀其內容而陷入迷霧，在二次大戰其間，這種納瓦豪語密碼是唯一未能被敵方破解的密碼。

電影最後的場面，是來自納瓦豪的一個密碼員，歷盡戰爭烽火考驗，九死一生返回老家，在納瓦豪優美奇異風光中與妻

兒團聚。他含著熱淚，深情將一枚勳章交給兒子，這是他的指揮官為了搶救他而捨身，在犧牲前留下的唯一紀念。

納瓦豪人一直以二次大戰這個不破之密碼而驕傲，無論在展覽室乃至餐室，都可以看到相關的故事與圖片。

在觀賞納瓦豪風光的當兒，遇到一位當地的印第安人，他熱情地跟我打招呼，問：「中國人嗎？」我說「是的」。他十分友好地說：「印第安人和中國人有相同的祖宗呢！」說罷他舉起大拇指頻頻點頭微笑。我心頭感到一陣溫熱，隱隱記得在報上卻曾讀到的消息，說有歷史學家發現印第安人的始祖，是從亞洲過來的，雖然此說尚未成定論，然看看納瓦豪人的臉孔，除去民族的服飾，與自己確有雷同之處。

原載《世界日報》副刊

納瓦豪

大峽谷行空

　　波莉小姐邀我和妻同遊西大峽谷，說去看看聞名遐邇的玻璃橋，並且自告奮勇開車。我一口答應，清晨七時上路，車輛少，行車快，從拉斯維加斯出發，沿93號公路，向左轉入Dolan Springs，不到兩小時便見到一條碎石鋪成的道路，路牌標明通往「Skywalk」。出發前電話聯絡知道，這裡花10元便有公車送進去。一看周圍並沒有任何標誌，也沒停車場，更不見公車影蹤，只好勉為其難開上碎石路，顛顛簸簸走了14英里，再接上一段柏油平路，終於到達目的地。

　　這是印第安人保留區，售票處與禮品店合在一起，工作者全是印第安人。80元的門票包括午餐和飲料。土著售票員動作緩慢，卻非常認真老實，我急忙中多付了錢，她發覺後再數三次，才如數退還。

　　玻璃橋是老中的俗稱，正式名稱是Skywalk，應直譯為「天空行走」。在萬丈深淵的峽谷之上，一個橢圓形的「橋」：大半伸出懸崖，一側嵌入石壁。「橋」上是玻璃路，兩側的玻璃不透明，又有扶手，如果不伸頭到橋外往下看，不會有什麼特別感覺。倘走在橋中央的透明玻璃上，宛若腳踏半空中，眼前腳下盡是懸崖峭壁，深不可測，你定會感到懸空而行的驚心動魄，舉步為艱。但只要大膽繼續走下去，就會戰勝對高的畏懼，逐漸走得自然起來。我來回走他五、六回，便從開始的如履薄冰，變成如履平地了。

　　然而妻和波莉小姐卻不敢走中央的透明路。我說，你們不體會體會天馬行空的感覺，算是白來一趟了。這才鼓起她們勇氣，克服畏高心理，終於敢走到玻璃橋中央的透明路，體驗了步行天空的快感。

在大峽谷建造玻璃橋，是華裔人士金鸝先生構想出來，並且集資興建的。他的創意給我們炎黃子孫帶來光彩。

走完「老鷹」景點（Eagle Point）上的玻璃橋，交通車載我們來到鳥糞景點（Guano Point），當地人說這是大峽谷最好的景點。果其不然，只見在三面環繞著深深峽谷的半島上，建有一座小餐廳，坐在大帳篷下臨風的餐桌旁，一邊欣賞大峽谷的宏偉風光，一邊嘗試印第安人的食物，一樂也。

半島上有一座淡紅的山峰，遠看像瓦片堆砌而成，說它像鳥糞層也未嘗不可。少數人爬上峰頂，驕傲展開雙臂，向腳底下的大峽谷大聲呼叫，與在峽谷裏飛翔的直升機遙相呼應。我知道自己換過關節的腿不便攀爬鳥糞層，便陪著兩位怕高又怕曬的美人兒繞山峰而行，時而走到懸崖邊緣，探頭探腦觀看腳下的深谷，發覺遠處谷底有河水流過——這是著名的科羅拉多河。其時烈日當空，熱毒的太陽將皮膚咬得發紅並且隱隱作痛，我們照完相便趕緊離開。

大峽谷行空

　　第三個參觀點是一個西部小牧場，供遊人在沙漠中騎馬，裏面有餐廳禮品店木房子等。幾個西部牛仔給大家表演了一場槍戰鬧劇。

　　帶著愉快和疲累坐上波莉的小汽車，回去時又在碎石路上顛簸了半小時，終於走上93號高速路。忽然聽到一種怪聲持續不斷，十幾秒後車身歪過一側。不好了，爆胎了，波利小姐連忙剎車駛向路邊，只見後面的車子疾馳而過，所幸都繞過我們，沒出大禍。看看左後輪胎已經大部消失，只剩下鉄框子在支撐著，好險！可惡的碎石路害得我們好慘。

　　上帝保佑三人平安無事，手機也還能打通，便呼叫AAA來拖車。在等待拖車的一個多小時，居然先後有三部車停下來，問我們是否需要幫助，還送給我們冰涼飲料，讓我們在烈日下感受到美國人的無私與關愛之心。

　　這真是一次快樂而驚險之遊。

原載《世界日報》家園版

掠影夏威夷

從拉斯維加斯出發，經六個小時飛行抵達夏威夷州首府火奴魯魯（檀香山），明顯感受到沙漠氣候與海島氣候大不同。內華達大沙漠冬冷夏熱，夏威夷四季如春。隆冬臘月，威基基沙灘上依然躺滿沐浴陽光的男女，大海裏浮沉著弄潮兒和滑浪健將。

這是舉世聞名的度假海灘，來到後才知道沙子是用人工從大洋洲搬過來的，為的是將堅硬的火山岩石海岸，改變成鬆軟的沙灘，如此巨大的運作，純為適應遊客對日光浴和游泳的愛好。

海水碧綠得像翡翠，堤岸上的椰子樹展現一派熱帶風光。高聳的豪華大酒店面海而立，街道上行走著悠閒自得的遊人，穿一件夏威夷人的大彩花圖案短袖衫，胸前掛一串花環，表示自己來到了夏威夷。

我學會了三句土話：「阿囉哈」──你好，歡迎之意；「馬哈囉」──謝謝之意；「瞎搞，瞎搞」──慢慢來，甭焦急之意。

感受最深的是第三句「瞎搞，瞎搞」，說這話時還有一個加強語氣的動作，將大拇指和末小指伸出來，恰如中國人猜拳時表達「六「的手勢。幾乎到處都可以看見這個手勢，在遊船上，在旅遊車中，在酒店裏，都有人使用這手勢叫你輕鬆輕鬆，不必著忙，萬事聽其自然便了。這和紐約人的步履匆匆，洛杉磯人的爭分奪秒，拉斯維加斯賭場的緊張搏殺，恰成鮮明的對照。難怪許多人選擇這個地方來度假，躺在風和日麗的海邊，優哉悠哉過他幾天無所事事的日子，真是再寫意不過了。

也許因為是度假勝地，也許因為氣候溫和，土地肥沃，習慣悠悠然過日子，夏威夷人的節奏似乎喜歡慢四步，下榻酒店

的餐廳供應早餐延誤十五分鐘，弄得我須小跑去上旅行車；飛機場過關閘排了一個多小時隊；商店的售貨員也不緊不慢，不像許多地方那樣逢迎顧客。

一位美國作家寫道：「這是一個面對自己的世界，四周為數千英里的大海隔離⋯⋯夏威夷不像是美國的一個部份」。真的，如果不是外來之手，將現代化的高樓大廈搬來，這裡也許還是唱山歌，穿草裙的世界呢。

在波利西亞文化中心，你可以看到一系列再現原住居民風俗文化的各種表演。每座村舍代表少數民族中的一個族裔，他們以野草樹葉裹身，表演各原始民俗歌舞，模擬從鑽木取火，到用木具石塊開椰子，土法搾椰汁，與火神玩耍，等等。最精彩的是夜間百人上陣的大型歌舞，展現出六個海島民族的服裝、舞姿、特性。男人赤裸上身，粗獷豪邁，女人穿紅戴綠，溫柔艷麗。大鑼大鼓和民族樂器震撼人心，表現與大自然搏鬥，打獵耕作，紡綾縫衣的種種動作。臨尾幾場玩火和以身試火的表演，精彩絕倫。由此觀之，原始居民絲毫沒有「瞎搞瞎搞」的輕鬆日子，活下去就得鬥天鬥地辛勤勞作。也有人與人鬥的故事，最突出的莫過於「大風口」山頭的壯烈激戰。

汽車爬上一座座越升越高的火山群，來到接近山頂的險要卡口，近看腳下懸崖峭壁，遠望綠野、碧海、藍天，好一派壯觀美景。步出山口，迎面颳來陣陣大風，果真是名副其實的「大風口」。相傳原住在大島的酋長卡莫哈莫哈，在征服茂宜島後，乘勝攻打歐胡島。歐胡酋長力戰不敵，被逼退到大風口，最後與將士一同葬身風口山崖。卡莫哈莫哈遂成為首位夏威夷王。在州法院前那座戴金冠，持長矛，皮膚黝黑的銅像，便是他的尊容。「勝者為王」古今同理。

原住少數民族雖然有七個，卻只佔夏威夷人口的百分之二、三左右，「瞎搞瞎搞」的輕鬆情調，大概主要來於度假勝

地的特殊身份。老美來度假以後，才會有那麼多人躺在海邊沙灘上，才會有那麼多吃喝玩樂和歌舞昇平的夜生活。

1941年12月7日駐守在珍珠港的太平洋艦隊官兵，大概也曾沾染「瞎搞瞎搞」之風，延誤敵情報告，週六晚與草裙美女共度良宵，周日凌晨懶覺未醒，誰會想到183架日本飛機突襲掃射轟炸，兩個小時兩波偷襲，索去美軍亡魂2409人，擊毀美機二百多架，擊沉擊傷美艦艇數十艘！

珍珠港海面立著一座白色建築物，看去與其說像一艘船，不如說更像一副巨型棺木，那是亞利桑那號巡洋艦紀念館。舘址的下面就是沉沒海底的亞利桑那號，裏面葬身1177名美國海軍官兵！

從輪渡走進紀念館，立即為一種肅穆氣氛籠罩。裏面陳設雖簡潔，卻勾人沉思。一整塊大牆壁，寫著死難者的名字。從兩側瞭望港灣海水，可以看見其他戰艦沉沒地點的紀念碑石，還能看到阿利桑那號不斷滲出的油跡浮出水面，人們說，這是追悼犧牲將士的黑色眼淚，至今已六十多年還未曾流盡……

亞利桑那號紀念館

　　離亞利桑那號不遠處，停泊著退役的密蘇裏號軍艦。1945年9月2日，這艘軍艦進入日本東京港，就在這艦上舉行了日本向盟國無條件投降的儀式，給二次大戰寫下句號。此艦留在珍珠港與阿利桑那號紀念館並列，展示了美國投入二次大戰的起點與終點，從旁觀、受突襲，到最後勝利，意義非凡。

　　浮光掠影遊覽夏威夷，看到了歌舞昇平的世界，也觀瞻了血染的嚴酷史實，古往今來，匪如所思。

原載《星島日報》陽光地帶版

阿拉斯加之旅

　　少時就聽說過阿拉斯加是冰天雪地的凍土，一直對北極星指引的這片土地懷有神秘而好奇之心。最近舉家乘遊輪前往一遊。

　　豪華舒適的遊輪從溫哥華啟航，沿阿拉斯加灣航行七天，其間上岸參觀了Ketchikan，Juneau，Skagway，Sitka等城市。這些城市以捕魚和旅遊業為主，人口稀少，看不到什麼高樓大廈。一般房屋、街道、禮品店與美國其他小城市也大同小異。八月天不冷不熱，華氏五、六十度左右，備用的棉衣都用不上，與出發時拉斯維加斯氣溫一百二十度相比卻是涼快多了。

　　首府朱諾市（Juneau）原是土著人釣魚的地方，十八世紀後期，許多淘金者前來尋找金礦，幾經失敗後，一位名叫約瑟夫·朱諾的探礦者爬到黃金河流的最源頭，找到了黃金的母礦地，淘金者紛至遝來，這個地方便迅速發展成一個新興的城市和採礦中心，人們也將此地稱作朱諾。九十年代初葉，朱諾市的採金礦事業發展到高峰，阿拉斯加的首府也從斯卡市遷到了朱諾市。後來金礦業逐漸衰退，觀光業和捕魚業發展為主要經濟活動。今日的朱諾市人口約三萬人，約有一半受僱於政府機構。

　　阿拉斯加過去的首府斯卡市（Sika），在帝俄時代已是該地區的首府，至今還保存著好些俄羅斯的色彩，最有代表性的是聖米珈勒教堂，高高尖頂上的十字架，以大雪山為背景，裏面陳列著珍貴的俄羅斯油畫，顯示了阿拉斯加曾是俄國領土的歷史。若不是1867年約翰遜總統時代以720萬美元（每公頃低於2美分）的代價，從沙皇手中購下這片領土，也許阿拉斯加至今還屬於俄國管轄呢。

　　俄國歌舞表演吸引了千百觀眾，俄羅斯、烏克蘭、哥薩克民族的鮮豔服飾和熱烈、輕鬆的舞步動作，讓我聯想起初中年

代看過的蘇聯歌舞表演，感到分外親切。然而我總覺得他們的表演比我過去看過的要遜色很多。後來問問當地人，才知道臺上表演的全是業餘演員，而且其中沒有一個是俄國人。不過我依然感到很滿意，深深佩服他們為保持城市的地方色彩所作的努力。

乘坐車船合一的水陸兩用交通工具，是生平第一次。在Ketchikan每人花39元，坐上一輛形狀如輪船，卻帶有輪子的車船混合體，先遊覽了城市的主要街道，然後直接開進海裏，觀看沿岸景色。一位工人站在魚業加工廠的碼頭，舉起比人還高的大魚向我們招手，水上飛機在我們前後盤旋，幾艘大遊輪停泊在岸邊，此情此景叫人難忘。

最有特色的莫過於看冰川。遊輪開進Glacier Bay，船長親自播音介紹，說這是世界上最美麗的冰川之一。開始只看見小塊浮冰在水上漂浮，大的有籮筐大小，有時浮冰連成一片，在艷陽之下閃閃發光。秋冬以後，這海灣將成冰封世界，船隻是開不進來的。幸虧天公作美，陽光燦爛，遠遠就看見白色的冰河，自重重高山之顛逶迤而下注入大海。船開近到數百尺，便停下來讓大家觀賞那寬闊的冰河出口。這是一個看不見流水的河口，冰層靜靜地躺在那兒，也許一年，兩年也移動不到一寸，也許一朝爆裂，將成噸成噸的冰團推入大海。

一位船員告訴我，像這樣好的天氣，又停得這樣近，連他都很少見到，大多數日子，不是陰雨連綿就是霧靄重重。

輪船轉了一個彎，出現了另一幅景致：在堅硬的冰層中，是誰雕琢出一大片白色的冰樹林，從白皚皚當中，透出薄薄的藍寶石光焰。而那高高的尖頂冰柱，有如教堂或鐘樓，我們真個來到了白雪公主的童話世界？

在這趟阿拉斯加的行程中，原本計劃乘直升機飛到高山之上，去看看白茫茫的冰封世界，三百多元一張的機票也預訂好

了，不料當天雨下個不停，直升機飛行被取消，給這次阿拉斯加之旅留下一大遺憾。

終點站在Anchorage，遊船用大巴士將旅客送到飛機場，飛返各自的家園。

原載《星島日報》陽光地帶版

拉斯維加斯

夜間，汽車穿過荒僻的大沙漠，爬上光禿禿的山嶺，再從四千英呎高處飛馳而下，越過一個個山頭，忽然在眼前呈現一片燈的海洋，比夜空的繁星耀眼百倍，比彩虹的色彩艷麗奪目，這就是內華達大漠中的奇幻之都──拉斯維加斯。

漫步在拉斯維加斯大道，滿眼閃爍的是七彩華光，迎面而來的是一座座瓊樓玉宇，通街擁擠著人流笑臉。來自五洲四海，穿不同國度服飾的男女引頸觀看：這邊閃出紅光熱浪──是人造的「火山噴發」，那邊傳來炮聲隆隆──是當街表演「妖女鬥海盜」；才走出尖尖的古埃及金字塔，又來到高高的自由女神腳下；巴黎鐵塔從平地躍起，人造西湖就在鬧市當中……

說這只是一座賭城，似乎委屈了她，今日的拉斯維加斯，正名為奇幻之都、觀光勝地、娛樂首府、美食之最，顯然不為過甚。一條拉斯維加斯大道，無時無日不在翻出新花樣，變化出新景觀，叫來自世界各地的遊人瞠目讚嘆。

拉斯維加斯大道最繁華的中段，被稱作「斯翠圖」（Strip），超級豪華大酒店幾乎都集中在這裡。北段是下城老區（Downtown），保存著許多歷史久遠的賭場酒店。南段是飛機場，高爾夫球場，度假屋和和幾處賭場酒店。東西兩側主要是居民住宅區和配套商店，四周還有一些主要為本地人服務的驛站賭場酒店。

這是一座不夜城，通宵達旦的霓虹燈，夜夜不斷的歡歌熱舞，一天24小時的吃、喝、玩、樂，連居民區的超級市場，大商店都通宵營業。

每年有三千多萬遊客光顧這個城市，來自全世界的豪富揮金如土，人人都在期盼中彩當中，為這沙漠中的華廈添磚加

瓦。賭場酒店也不虧待顧客，提供免費的飲料，發放優待券，給你特價機票和削價套房。如果你曾是大賭客（High Roller），不論輸贏，都待你如王公貴族，住總統套房，吃龍蝦大餐，老中還有魚翅燕窩，而且分文不收。

近二十年，拉斯維加斯經歷了從單純的賭博城轉變為度假勝地的巨大變化，成為匯集了觀光、遊樂、賭博、美食、購物於一體的大沙漠中不夜城。

拉斯維加斯大道與別處不同，在於她永葆青春不衰老。一幢幢舊的賭場酒店被炸毀、夷平；一座座更高級豪華的賭場酒店拔地而起。二十世紀80年代末，金殿（Mirage）一馬當先，成為創建豪華大酒店的先鋒，其火山噴發的景觀，至今是遊人嚮往的地標；90年代新建了一系列更豪華的酒店：百樂宮（Bellagio）、米高梅（MGM）、金字塔（Luxor）、紐約—紐約（New York-New York）、曼德勒灣（Mandalay Bay）、巴黎（Paris）、威尼斯（Venetian）。凱撒宮（Caesars Palace）也不斷翻新，藍天白雲的羅馬商場（Forum Shop）和機器人的表演每天吸引萬計遊客……二十一世紀以來，又新增了Palazzo，Wynn，Encore等豪華大酒店。

拉斯維加斯

　　米高梅集團旗下的「城市中心」新近開張，其中包含了Aria，Vdara，The Harmon Hotel and Spa，Mandarin Oriental等大酒店，Veer Towers高級公寓大廈，高科技會場中心，以及充滿現代派新穎裝飾的The Crystals購物與娛樂中心，藝術展覽等，這個綜合性的城中之城，具有創建綠色環保的設計特色，是美國歷史上最大的私人投資建築群，使拉斯維加斯錦上添花，更上一層樓。

　　當你觀看賭城的千奇百怪，欣賞高超的藝術表演，品嘗世界一流美食，觀賞不同國家民族的服飾風采的同時，奉勸你奉行「小賭怡情」的宗旨，守護好你的荷包。

　　　　　　　　　　　　　　　　　原載《拉斯維加斯時報》

遊滑鐵盧

　　從比利時的布魯塞爾驅車南下，在前往巴黎的途中，我們順道去遊覽舉世聞名的軍事要地──滑鐵盧。

　　攤開一張免費取自汽車協會的歐洲地圖，戴上眼鏡找來找去，半天也找不出「Waterloo」（滑鐵盧）這幾個字。同車的兩位年輕旅伴接過地圖替我找，也找不出來。正在無奈之際，一路上活躍健談的海倫小姐忽然大叫道：「在這裡，我找到了！」她手持的是一張花十美元在途中買的歐洲詳圖，接著便挑戰似的向我點出位於巴黎與布魯塞爾之間的滑鐵盧，說：「你那張地圖不用花錢買，活該找不到。」

　　到了滑鐵盧，才知道這裡並非一個城市，甚至說不上是一個村鎮，眼前的幾座建築及景緻，都是為遊客而設置的。顯然，這裡原本只是一片開闊的野地──一個戰場，只因附近有個滑鐵盧村而得名。這個地方之所以名噪天下，是因為在將近兩個世紀前，這裡發生過一場驚天地、泣鬼神的血戰，拿破崙率領的法國大軍，最後敗給由威靈頓公爵率領的歐洲盟軍，給那個時代的歐洲歷史畫下了一個句號。

　　滑鐵盧最顯眼的景物，是一個人工堆成的山崗，望去高約一二百尺，崗頂尖端立著一具石獅子，正張開大嘴巴對著法國的方向咆哮。傳說這土山崗是在歐洲盟軍擊潰拿破崙以後，荷蘭和比利時的婦女用籃子去挑土，一筐一筐地堆積起來的，這傳說的可靠性我自然無法考據，但從那憤怒得張牙舞爪的獅子塑像看，當時荷、比人對於入侵者的忿恨是可想而知的。

　　在土山崗腳下，有禮品店、餐室，還有一個小型的展覽館。橫過方型石磚鋪成的馬路，是一個綠樹婆娑的公園，中央豎立著一個拿破崙紀念碑。在圓筒型的碑座頂，立著一具頭戴

船狀軍帽，背負三色國旗的拿破崙塑像——別具風格的是這尊塑像又矮又短小，恰似出生於小人國，與凡爾賽宮及羅浮宮內看到的拿破崙塑像之英俊、魁偉形態相比，真有天淵之別！可見交戰雙方，對英雄之見解大不相同：一方是蓋世巨人，另一方不過是侏儒小子。

我立在土崗上遙望四方廣闊的原野，想像著拿破崙率領的法蘭西大軍與歐洲盟軍的最後一次浴血戰鬥，耳邊聽到戰馬的呼嘯、火炮的轟鳴和士兵的廝殺聲。史書記載，拿破崙在發動「霧月十八日」的政變後，親任第一任執政，開始軍事獨裁的統治。其後又登上皇帝寶座。先後在軍事上遠征義大利、埃及、奧地利、俄羅斯等國，三次瓦解了歐洲各國對抗法國的同盟，一度成為歐洲霸主，制定「拿破崙法典」，稱雄八方。直至1812年遠征莫斯科，由於俄國實行焦土政策而潰退。其後又在來比錫戰役中，大敗於歐洲聯軍，終成階下囚，被流放到地中海的厄爾巴小島上——當時仍得享受王者儀仗與尊號，每年食俸二百萬法郎。

拿破崙不甘於這種「囚犯皇帝」的生涯，遂於1815年3月，突然從厄爾巴島逃回法國，立即召集舊部組織新軍。三個月後，聲勢大壯，重行虎視歐洲，拿破崙這「百日復辟」震憾歐洲，於是各國再組成聯軍與之對陣。

最關鍵一場戰役的地點，便是在滑鐵盧村以南五公里附近。一方是拿破崙率領的法軍七萬二千人；另一方是英國威靈頓公爵率領的英、荷、比等國的聯盟軍六萬八千人，以及布呂歇爾指揮的普魯士軍四萬五千人。當天由於氣候惡劣，大雨過後，復遇彌天大霧，拿破崙被逼將發動進攻威靈頓的時間從上午推遲到中午，這恰好使普魯士軍隊獲得奔赴滑鐵盧馳援威靈頓所需的間。下午黃昏前，法軍發動四次主攻都未能突破陣線，也未重創聯盟軍。其後，普魯士軍陸續抵達滑鐵盧，逼使

拿破崙分兵抵禦。下午六時，法軍再次使用步兵、騎兵、炮兵協同作戰，發動主攻，使威靈頓軍受到重創。無奈普軍一直牽制著拿破崙的兵力，威靈頓得以喘息而重整旗鼓。下午八時，拿破崙的主力帝國禁衛軍被擊退，聯盟軍立即向前推進，普軍又在東線發動進攻。結果法軍陣腳大亂，在驚慌逃竄中被擊潰。在這次戰役中，法軍傷亡被俘三萬四千人，聯軍傷亡二萬三千人，滑鐵盧附近可謂屍積如山、血流成河了！

　　四天之後，拿破崙被迫第二次遜位，其後被流放到大西洋中一個遙遠的英國殖民小島——聖赫雷那島，六年之後，拿破崙鬱鬱死於這個小島上。

　　世事如浮雲，蓋世英雄也不免一敗塗地。「民心不可侮」，「天意不可違」這些古語想來也很有些道理。今遊滑鐵盧而重溫史冊，實在令人感慨萬千！

原載《國際日報》副刊

拿破崙的矮小塑像

夏日雪峰

——遊阿爾卑斯山

今年八月某日的一則電視新聞說：在歐洲阿爾卑斯山某高峰的纜車忽然墜下萬丈深淵，所幸當時纜車上未載有遊客，只有一個操作員喪生。

這則新聞在別人也許很普通，對我卻產生了極大的震撼，因為在此不到一個月之前，我曾經乘著此類纜車，登過阿爾卑斯山的白朗雪峰。

那是一個風和日麗的夏日，我們從山麓翠綠的小市集登上纜車，向著白霧茫茫的高處升騰。纜車內擠逼著兩個旅行團的人員，約有五六十人之眾，彼此之間已經沒有多少間隔。一個三歲的小男孩在眾人褲下鑽來鑽去，爹媽大喊大吼也逮他不住。

我透過纜車的玻璃，俯視逐漸遠去的綠樹與屋頂，又仰望著高處的雲海雪山，心裡暗暗祈求，願上帝保祐那條凌空穿山，繫千鈞於一髮的小小纜索千萬不要折斷，否則這密密擠擠的大小旅客便只有粉身碎骨了。接著又安慰自己，一切自有上帝安排，何必庸人自擾呢？

這思索只持續了數秒鐘，因為我的注意力很快就被迎面而來的新景象吸引了。纜車很快就將我們從山下蔥蔥蘢蘢的盛夏園林，帶到了一片皚白的銀色世界。人們指著一股從山峰之間湧到山腰，看去略帶波紋的冰雪巨流說：這就是冰河。

「鐵馬冰河入夢來」，我立即想起陸游的詩句，然而詩中的「冰河」，大概是指北方冰凍的河流，冰層凝結於河面，待春夏冰消雪溶，又變成滾滾的流水。而從阿爾卑斯山峻峰流出

的冰河，又稱為冰川，則是一股終年長存，並且會移動的巨厚冰層，只是向下流動的速度，緩慢得數以年計，遠望過去，是一幅雪白中略帶暗藍色的靜止畫面，只有加上豐富的想像力，才能看出這是一條流動著的冰河。

　　在海拔三千八百多公尺的高峰，寒風凜冽，雪花紛飛。我們踏著柔軟的雪層，彼此好奇地觀看黑髮上越沾越多的雪片。遊伴們一時興起，便學著孩童時的樣子，捏起雪球相互投擲。興盡之後，我和妻鑽入一個冰窖般的風口洞裏，但見洞口內外，垂吊著一串串晶瑩亮麗的小冰柱。好奇地拍了幾張照片後，我忽然發覺兩隻耳朵在寒風中已僵凍麻木了，便連忙離開這風口洞，回到那專為登山遊客而設的小咖啡室，喝下一杯冰山上的熱咖啡，頓時感到溫熱而且滋味無窮。

　　吊在半空的纜車，又將我們從一片白茫茫，雪飄飄，霧鎖雪封的世界，送回青翠碧綠的山麓。多謝上帝賜予平安，也多謝纜車的維修人員，包括那位在工作中遇難的操作員，他們以辛勤的勞作，甚至付出生命的代價，保障了遊客的安全。

原載《國際日報》副刊

絲綢路上

　　仲秋時節，天高氣爽，洛城作協一行十五人，由中國作協向前、張愛琪陪同，暢遊絲綢之路。從西安飛烏魯木齊，走馬吐魯番、敦煌、嘉峪關、酒泉等城市，橫跨戈壁灘大沙漠，越過天山、祁連山，沿途所見，頓啟茅塞，喜不自勝。

天山高處遊天池

　　從新疆省首府烏魯木齊市，乘汽車沿高速公路約行一小時多，再轉入一條白楊樹夾道的山坡路，爬上海拔近兩千公尺的山腰地帶，便到達新疆的國家級風景名勝區——天池。

　　映影入眼簾的是鬱鬱蒼蒼的天山雲松，披上一層雪白的外衣。昨晚一場飛雪，把一排排大自然的聖誕樹，懸掛在天池四周的山巒上。仰望五千多公尺高的柏格達峰，白雪暟暟，傲氣凌雲。

　　群山環抱的中央，是一個碧綠的大湖，方圓將近五平方公里，明淨清澈的水波，倒映著雪白的山峰和銀色的聖誕樹，好一幅高山天池美景！

　　人說天池有八景：「石門一線」、「龍潭碧月」、「西山觀松」、「頂天三石」、「定海神針」、「南山望雪」、「海峰晨曦」、「懸泉飛瀑」，形象而優雅地歸納出在不同時空觀賞的優美畫面。

　　傳說數千年前，先祖王母娘娘選擇此地擺蟠桃宴，約請穆王相會於瑤池（即今日的天池）。他們在幽會中繾綣難捨，穆王信誓旦旦，答應每年來瑤池與娘娘相聚會，誰料他卻是個負心漢，一夜風流之後，便一去不復返，害得娘娘日思夜念涕淚漣漣。

沒想到我們的老祖宗有這樣一段風流失戀故事，古老的神話增添了天池的傳奇和魅力。乘小汽船環遊在明靜清幽的湖水裏，飽覽湖光山色的時候，瑤池會的動人故事便不時浮現在天池的波光掠影當中，不禁賦詩寄意道：

「走絲綢路，飲天山水，飛雪染層林，湖光山色翠。千古美事瑤池會，嘆娘娘多情，偏遇負心郎。望穿秋水，不見穆王歸，天池盡是相思淚！」

沙漠古道訪遺跡

黃白色的沙漠，稀疏的駱駝草，對於居住在拉斯維加斯的人並不陌生，看著單調的沙漠景色，只有寂寞和空洞。然而行走在絲綢路卻有迥然不同的感覺，棄置千年的古道古城處處引人遐想。來到高昌古城，交河故址，眼前是一片廢墟斷牆。經過多世紀大自然的風化淘汰，由砂土合成的房屋早已變作廢牆殘壁，卻依然能從中猜度出當年城市的面貌：那高高突起的廢牆，定是萬民崇拜的寺廟；那方正粗厚的殘壁，當為官府的廳堂；那寬闊多樣的格局，或是富人的華宅；那窄小單調的結構，自是窮人的陋室。走進殘宅的洞門，有時還可看到爐灶的殘跡。伸頭窺看煙囱的殘破通道，會發現淡淡的煙燻黑痕，可以想像當年的主人家共聚一堂，把酒歡宴的情景——這一切一切，考古學者們自然有精確的學術研究，我輩不過是隨意想象吧了。

給人印象深刻的是，高昌的護城牆高聳偉觀，雖殘缺而雄姿猶存。交河故址外深深的崖溝，自是當年天然的護城河，敵兵要越過深溝攻打，決不是輕而易舉的事。祖先們為保護這城池，曾在這塞外沙場浴血戰鬥過多少回合！

「勸君更盡一杯酒，西出陽關無故人」，王維的詩句吸引我們來到敦煌以南著名的陽關，原來這個如此出名的地方，現

今連廢墟也看不到，唯一留下的古跡，只是一座風火台的斷牆殘堡，高高立在無垠的沙漠上。曾經繁盛一時的陽關故城，原來早已掩埋在黃沙深處，人們經過那裏，幸運時還能在附近的沙堆中挖出古錢或古器皿。

「吳宮花草埋幽徑，晉代衣冠成古坵」，李白當年在江南還能看到「幽徑」與「古坵」，這裏看見的只有滾滾黃沙一片。遠眺茫茫無際的戈壁沙灘，思人生渺不可測，感世事變幻無常，這種歷史的沉重幽思，在拉斯維加斯郊外橫貫沙漠的十五號公路上，是決不會出現的。

保存最完好的要算甘肅省內靠近內蒙古的嘉峪關，那坐西朝東的三座古城樓，以及方方正正的護城牆壁，尤其是那雄偉壯觀，攀著陡峭山嶺而上的懸壁長城，在乾旱的大漠中都保存得完好無缺，展示了中華民族燦爛的古代文明和軍威強盛的歷史篇章。

鳴沙山下月牙泉

鳴沙山西起黨河峽谷出口，東止莫高窟，綿延四十公里。由流沙積聚成的重重峰巒，像一條條金龍，橫臥在無邊的戈壁灘上，像一座座高聳的金字塔綿延不斷，壯觀無比。如果坐在山腳鬆軟的沙地上仔細看，會發現沙粒有紅、黃、綠、黑、白五種顏色，俗稱「五色沙」。

中午時分，熾日當空，如果從沙山之頂蹲坐在細細的沙粒之上，順勢往山下滑落，耳邊會聽到各種聲響，如絲竹管樂，如戰馬奔嘯，如雷聲轟鳴。「鳴沙山」就因這神奇異象而得名。清人雷起鴻賦「鳴沙山詩」：「不信青沙如壁立，渥窪池畔一峰孤。晴時登臨風俱靜，鳴處驚人形卻無」。

我們來到鳴沙山已近傍晚，無緣親歷奇境。然而據當地

出版物記載，1990年端陽節，敦煌民俗學會發起主辦了鳴沙山滑沙運動會，由學生組成的二百位健兒，下午一時從月牙泉附近的塔兒峰頂蹲坐下滑，錄影機、錄像機、測音器同時開動，聚觀者數千人。當健兒們下滑了十餘公尺時，沙山開始出現響聲，隨著滑速增加，聲音越來越大，現場觀眾聽到嗡嗡巨聲出自山谷，響徹長空，始如飛機聲，繼有擂鼓聲，雷雨聲，夾雜鑼聲、鐘聲、風聲，滑沙隊員感到山在震動，身似拋起，觀眾為之目瞪口呆。電視台播放了現場實況音像報導，海內外觀眾蔚為奇觀。

「沙山抱泉，泉映沙山」，月牙泉座落在數座峰巒危峭的鳴沙山之間，水色碧藍，清澈如鏡，周圍是一片平坦開闊的沙地，看去恰似一彎明月鑲在細柔的沙灘裡，又如晶瑩的翡翠嵌在沙山的環抱中。泉邊水草叢生，泉內生長著鐵背魚、豆七星草等名貴中藥材，故當地人稱之為「藥泉」。

月牙泉四周為沙山包圍，處在乾旱酷熱的沙漠環境中，水分的蒸發量大於降雨量四十八倍，加上塞外時有風沙滾滾，飛砂走石，沙山亦不時隨風移動，連整座古城都曾埋藏沙底下，惟獨此月牙泉歷盡千秋險境，依然能「山泉共處，沙水相生」，你道怪也不怪？難怪古人稱這裡為「仙靈異境」。

月牙泉南岸高地，原有古廟百餘間，亭殿樓閣、觀景廡廊與沙山泉水相映成趣，可恨文革災難使之毀於一旦，直到改革開放後，才進行了淘泉疏水，治沙綠化，新建了聽雷軒，月泉閣等古建築群，使這「沙漠清泉」重現光彩。

有感於懷，特作「月牙泉」詩：「月牙泉，月兒彎，光彩照人環，不掛天邊上，鑲進戈壁灘。遠看月一彎，近看沙山倒影落清潭。漫天風沙吹不入，炎炎酷日曬不乾。千人看，萬人讚，茫茫絲路一奇觀。飛沙走石幾千年，埋不了，冰晶玉潔一清泉。」

敦煌寶藏稀世寶

　　很早就聽說過敦煌壁畫的稀奇，敦煌莫高窟是世界著名的文化寶庫，聯合國重點保護的文物古跡，不亞於長城與金字塔。此次親臨其境終於得遂心願。

　　莫高窟坐落在沙漠中的一個綠州裏面，去路上「平沙莽莽黃入天」，到了那裏才發現「別有天地非人間」。在懸崖峭壁上開鑿出來的四百九十多個洞窟之中，羅列著從魏、隋到元代十個朝代的壁畫和彩塑，風格各異，斑斕萬翠。

　　走進一個個半山開出的洞穴裡，舉頭觀望那身高二、三十公尺的彌勒大佛像，細看不同年代的觀音菩薩、涅盤佛像、供養菩薩以及護神武士、射手，觀賞那洞壁四周及頂壁上的佛經故事與古人生活畫面，欣賞仙女「飛天」的豐姿多彩，不得不驚嘆華夏祖先們高超的藝術造詣。可惜行色匆匆，只能跟著導遊看了幾個有代表性的洞窟，許多壁畫洞窟都不開放，管窺蠡測，未得全豹，實引以為憾。

　　敦煌寶藏以莫高窟為代表，俗稱千佛洞，位於敦煌市東南二十多公里的三危山與鳴沙山之間的斷崖上，是現存世界上最大的佛教藝術寶庫。敦煌的壁畫與雕塑是經過許多朝代的人陸續創造出來的，融合了多民族的文化特徵。

　　相傳在前秦建元二年（西元366年），精修佛法的樂僔和尚雲遊至此，忽見三危山上金光萬道，宛然有千佛屹立，連忙頂禮膜拜。奇跡稍縱即逝，樂僔認為此地是神靈現跡所在，便在面對三危山的斷崖上建造一窟，在內打坐修行。自此以後，在莫高窟崖面鑿窟洞，造佛像，描佛經畫的人絡繹不絕，從前秦到魏、隋、唐、五代、西夏、元代，延續千年之久。現存洞窟有七百五十多個，窟內壁畫面積達四萬五千平方公尺，彩塑

像二千四百多具。在古代，這裡是絲綢路上人們求佛供奉的聖地，今日已成為研究中國及世界文明史的重要資料庫。

不同時代的敦煌壁畫有不同的風格：魏代飛揚流動，如同魏詩中的建安風骨；唐畫華嚴莊蕭，如同唐詩中的盛唐之音；宋畫則清空蕭散，有宋明理學的味道。壁畫有許多生動的故事。如第296窟內有一幅長3.1公尺，高0.4公尺的壁畫，像連環圖一般描畫了「微妙比丘尼因緣」的故事。說的是印度一個名叫微妙的女子，在嫁給一位富有的丈夫後，生下兩個兒子，不幸小兒子出生時，丈夫被毒蛇咬死，大兒子掉落水裡淹死，後來小兒子又被狼吃掉，娘家失火，父母都被燒死，以後又嫁過酒鬼、富人及強盜，結局同樣悲慘。她最後向佛訴說一生苦難。佛說，她前世曾用針刺死過別人的小孩，故有此報應。微妙聽後明白了因緣，便出家當了比丘尼，以免再受輪迴之苦。敦煌壁畫的內容，大多根據佛經繪製，表現佛經因果報應、輪迴轉世的理念，有關佛傳、戒律、本生等方面的故事不勝枚舉。

在第十六窟甬道的北壁，有個坐北朝南的小窟（後編為十七窟），就是舉世聞名的藏經洞，在這不到二十立方公尺的空間，竟然收藏過四萬多件珍貴的古代文獻文物，其中大多數是宗教文獻，也有罕見的漢文經、史、子、集等古籍，還有地方誌、賬冊、曆本、契據、信箚、狀牒（官司檔案）、醫藥、織繡、畫像、詩詞俗講等等，都是研究中古年代文化歷史、科技經濟、社會民情的第一手資料。

清代光緒二十六年（西元1900年）五月二十六日，莫高窟看廟的道士王圓籙打開了這個洞窟，許多珍貴文物流傳出去後，成為震驚國際學術界的大事，也隨即遭到帝國列強的掠奪盜竊，從1907年起，先後有斯坦因、華爾納、鄂登堡等外國專家把大量經卷文書偷運到倫敦的大不列顛博物館，法國的國

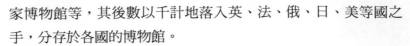
家博物館等，其後數以千計地落入英、法、俄、日、美等國之手，分存於各國的博物館。

敦煌文物在各國的展出，引起全世界文化界的注意，形成了《敦煌學》這門學科。當今，敦煌學已成為世界性的研究課題，國內外都出現了不少「敦煌學」專家，召開過多次世界性的敦煌學術研討會，此次能來到莫高窟親睹敦煌寶物，實在增長見識，足慰生平。特作小詩《莫高窟》留念：「敦煌藏壁畫，稀世耀中華。上溯一千載，橫跨亞細亞。高窟立巨佛，經卷繪彩霞。絲路藝術宮，並蒂古羅馬。」

絲綢路之旅，沿途古跡寶藏琳琅滿目，各地風物人情大異其趣，喚人深思，令我終生不忘。

原載《世界日報》副刊

嘉峪關

火洲綠野

　　話說唐三藏與孫行者師徒四人，往西天取經，來到一處地方，已是秋涼時節，天氣依然酷熱蒸人。適逢遇到一個老者，三藏便請教道：「敢問公公，貴處遇秋，何返炎熱？」老者道：「弊地喚作火焰山，無春無秋，四季皆熱。」三藏道：「火焰山卻在哪邊？可阻西去之路？」老者道：「西方卻去不得，那山離此有六十里遠，正是西方必由之路，卻有八百里火焰，四周圍寸草不生，若過得山，就是銅腦蓋，鐵身軀，也要化成汁哩。」三藏聞言，大驚失色……後來孫悟空向鐵扇公主三調芭蕉扇，搧滅火焰山大火，唐僧才能續往西天取經。

　　這火焰山就在今日新疆省吐魯番盆地中部，從吐魯番市驅車向東北行約一個多小時，即可看到一座座褐紅色的山峰，綿延百餘公里，山上光禿禿、空蕩蕩，不見寸草寸木，表層褶皺重重，皺紋皆由低向高處走。富於詩情畫意的人，彷彿看見漫山野火燒不盡，滾滾烈燄沸沸揚揚。不愛想像的人，覺得那不過是座光禿不平，皺紋纍纍的荒山罷了，那有桂林山水的秀美，三峽峰巒的峻峭。

　　走出旅行車，人人都感到進入了一個大火爐。昨日遊天山蕩舟天池，都穿上毛衣、皮衣、棉襖去觀賞雪景，今日來到這「火洲」，脫剩一件單衣，依然渾身滾熱難耐，這回可真趕上「秋老虎」了！原來這總面積五萬多平方公里的吐魯番盆地，乃是中國最低最熱的地方，全年有一百天以上的日平均氣溫超過攝氏35度，最高氣溫達攝氏49.6度。

　　「沙窩裡面煮雞蛋，石頭上面烙煎餅」，當地百姓如此形容那酷熱氣候，難怪村子裡家家戶戶將床鋪打在屋外的院子裡。「一片青煙一片紅，炎炎氣焰欲燒空。春光未半渾如夏，

誰道西方有祝融」。「火山突兀赤亭口，火山五月火雲厚。火雲滿山凝未開，飛鳥千里不敢來」。古人不愧是筆下生花，給炎熱的荒山野地平白添上詩的意境，抹上畫的色彩。

離吐魯番五十餘公里的火焰山木頭溝附近，人們看到唐僧西天取經路過火焰山的塑像，師徒四人的容貌栩栩如生，面對烈火沸騰的大山擋住去路，各自展現出不同的表情性格。塑像後有一個「吐魯番絲路藝術館」，使遊子在荒蕪的大漠世界，生出神話般的想像空間。再往前走，便來到著名的「柏孜克裏克千佛洞」，依維吾爾族的語言，是「山腰」千佛洞之意。此洞建築獨特，是在火焰山半腰的懸崖中穿鑿而成，有的是在山崖間開出的平臺上用土坯砌成。現還保存的洞窟有83個，其中約40個還留存著壁畫，畫面構圖謹嚴，線條遒勁，色彩富麗，是莫高窟唐代畫風的延續。據稱古時這裡曾是回鶻高昌國王的王家貴族寺院，後經歷代多次的破壞與重建，全盛時期的殿堂回廊早已不復留存，壁畫也遭到嚴重挖剝損害，倖存的畫面約有1200多平方公尺，是當今最有代表性的回鶻佛教藝術寶庫。

「火洲」是唐代對吐魯番地區的稱呼，這裡的炎熱與乾旱氣候，使數以千年計的古代文物得以保存下來，除了千佛洞，還有著名的高昌古城、交河故址、阿斯塔那古墓群、伊斯蘭建築額敏塔、烽火臺、驛站、化石、乾屍、岩畫等等，文物古跡總數達170多處，堪稱絲綢路上一個豐姿多彩的「大自然博物館」。

「火洲」的乾旱也是中國之「最」，全年平均降雨量只有16毫米，濕度一般只有3%左右，因為濕度極低，故遊人的感覺是熱而不悶，不若中國南方一些高溫地區的濕熱難受。熱極、旱極的氣候，加上盆地中常颳大風，飛砂走石，如此惡劣的自然環境，理應是一個荒涼的不毛之地。然而，令人驚訝的是，火焰山腳下有許多地方，卻是一片片碧綠的田園！

當日孫行者路過此處，曾遇見一個少年男子，推一輛紅車兒叫喊「賣糕」，便問他：「常言道，不冷不熱，五穀不結。他這等熱得很，你這糕粉自何而來？」那人道：「若知糕粉米，敬求鐵扇仙。」行者道：「鐵扇仙怎的？」那人道：「鐵扇仙有柄芭蕉扇，求得來，一搧熄火，二搧生風，三搧下雨，我們就佈種，及時收割，故得五穀養生。不然，誠寸草不能生也。」

　　今日的「火洲」出現了數十萬畝良田，大片荒蕪的沙漠變成綠洲，使用的法寶不是神奇的「芭蕉扇」，而是看去簡陋得很的「坎兒井」。旅行車載我們來到一處火焰山峽谷中的「清涼世界」——葡萄溝，只見赤紅的山嶺之下，一片片碧綠的葡萄園綿延不見邊，一座座葡萄晾房點綴其間。這晾房是晾葡萄乾的作坊，用空心泥磚砌成，牆壁有空格如蜂窩狀，裡面的架子掛上一串串熟葡萄，熱風透過牆上的空洞將葡萄慢慢晾乾。這樣製作出的葡萄乾不僅又大又甜，而且保存著原始的鮮美色澤。

　　一條大水渠，載負著清清的地下水，穿過枝繁葉茂的葡萄園。這水渠時而浮出地面，時而鑽進地底，帶著源源不盡的清水，流過田園，流過葡萄架，流過農舍村莊。水渠裡每隔一段便有一口水井，汩汩泉水從井底滲出，源源不絕，使酷熱沙漠的生命得以生養延續，當地人稱這水井渠道為「坎兒井」，古時候又稱作「卡井」。

　　清朝林則徐在鴉片戰爭後，被貶到吐魯番地區，曾大力推動「坎兒井」的開發。他親筆題詞道：「卡井應准酌開也查吐魯番境內地畝多系掘井取水以資灌溉名曰卡井每隔丈餘掏挖一口連環導引水由井內通流其利勘溥其法頗奇洵為關內外所僅見——清·林則徐書於經久章……」。當年曾經叱吒風雲，焚燒鴉片，力抗英國侵略軍的兩廣總督，那怕是虎落平陽，被貶到塞外荒土，依然憂國為民，在酷熱的沙漠地帶，提倡挖井通渠，興修水利，為子孫後代造福，實在可歌可敬。

　　吐魯番盆地雖然酷熱乾旱，但由於北部天山的積雪融化補給，地下水源卻非常豐富，「坎兒井」就是把「火洲」的地下水引向地面灌溉使用的一項獨特的水利工程。林則徐的願望沒有落空，經過當地百姓的世代挖掘修理，整個吐魯番盆地現有「坎兒井」水渠1200多條，總長度超過5000公里，源源供應火洲盆地數十萬畝農田灌溉和民間用水。走過火焰山下的村莊，可以看到村村都「坎兒井」的流水奔流不息。

　　在一個村子的路口，我們把車子停下，細細觀看農舍前的淙淙流水，不想一群農家孩子好奇地圍上來，伸出小手向我們招呼微笑，圓圓白白的稚臉，花花綠綠的衣服，叫疲倦的遊客精神為之一振。屋前站著孩子們的母親，頭上纏著彩色的絲頭巾，身穿顏色鮮美的長裙，都微笑著顯得十分友好親善，也沒有一個人向遊客伸手討錢的，看來，「火洲」深處的維吾爾族小村莊，還未曾受到外界的塵染呢。

　　葡萄溝裡有一處專為遊客而設的葡萄遊樂園，邁步走進葡萄架搭成的長廊，但見兩側以葡萄枝葉作牆壁，頂上也為濃密的葡萄葉覆蓋，一串串葡萄如明珠垂吊於綠葉間，沙漠來的熱風吹進葡萄園，頓時降溫變得清爽宜人。農家在園內外擺設攤

火洲綠野的葡萄園

位：青葡萄、紅葡萄、葡萄乾、哈密瓜乾和各種乾鮮果品，入口甜如蜜。據稱這裡的葡萄是全世界最甜的，含糖量高達百分之二十二到二十六。

穿過葡萄長廊，可以參觀地底下的「坎兒井」，在兩個人高深的地下隧洞裡，清澈冰涼的井水汩汩流過水渠，手捧一把涼水送入口裏，從火焰山帶來的熱悶便消散得無影無蹤。

園內還有一個小小展覽館，展示吐魯番「坎兒井」灌溉工程的全貌和歷史，一進門便看到最顯眼的大幅題詞，那便是上文引證過的林則徐關於「卡井」的手書，我久久觀賞那剛勁、傲骨、浩氣凜然的筆跡，心中升起了要寫一篇「火洲綠野」的慾望。

原載《世界日報》副刊

瀘沽湖女兒國

「瀘沽湖，水如鏡，倒影青山山繞雲。阿夏村歌陣陣飛，雙槳畫出片片銀。湖中花，白又嫩，阿夏村姑水中影，瀘沽湖水深又深，怎比摩梭阿夏情」泛舟在瀘沽湖上，享習習清風，吸純自然無污染的空氣，看青山雲霧繚繞，觀綠水輕波盪漾，聽摩梭女兒唱湖上情歌，即興吟頌詩句，未嘗不為人生樂事。

說這是個世外桃源不假，面積超過五十平方公里的瀘沽湖，四面環繞著高聳雲天的青山，湖邊散落著八、九個摩梭人的村莊，千百年來他們與世相隔，至今保持「走婚」的習俗，被稱為世界上最後存在的母系女兒國。

楊二車娜姆所寫「走出女兒國」一書寫道：「這裡真是上蒼賜給我們的一塊風水寶地，景色特別美，蒼林翠樹，怪石奇崖和熔岩靈泉密佈湖邊，還有幾處溫泉點綴在深山峽谷之中，不是天堂，勝似天堂」。

來到這世外桃源並不容易。七小時車程，翻越六座高山，遇上十幾處塌方，車輪子挨著窄窄的公路邊緣，邊緣下是萬丈深淵。盤旋上，兜圈下，一百八十度拐彎，U字形拐彎，車輪子一尺外就是不見底的深谷，或是帶著黃土奔騰的金沙江。遇到塌下的大石擋住去路，車子得繞到泥濘的懸崖邊緣，這時只能閉上眼睛，聽天由命了。

毛毛細雨，山頭雲封霧鎖，我們的司機金睛火眼，在煉丹爐裡煉就一身真功夫，帶著洛杉磯華文作家協會十六位文友，加上導遊，還有中國作家協會的鈕保國處長為領隊，在這樣的險山惡路，停停走走五、六個小時，終於來到了這個還來不及被世俗污染的世界。

山不在高，有仙則名。瀘沽湖北岸，有一座綿延數十里的大山，稱為格姆山。遠遠望去，一位美麗的少女，像巨人般橫臥，你可以想像她微閉的眼睛，飄逸的秀髮，高聳的乳峰。傳說她是一位美麗的女神，情感豐富且性格開放，她與諸山神阿夏都有走婚關係——摩梭人把情侶稱作阿夏。然而她最鍾情的卻是對岸的雪山神阿夏。一天，雪山神騎馬前來要與她走婚，卻碰上她正與別的山神幽會，一氣之下便勒韁掉頭，馬匹猛然踩下一個大腳印。格姆女神被神馬嘶聲驚醒，急忙追趕出來，雪山神已經一去不回頭，她只好站在馬蹄印旁哭泣，直到淚水灌滿蹄印，這個馬蹄印就變成今日的瀘沽湖。雪山神臨走時還將定情禮物五顆珍珠，丟在馬蹄印裡，就成為今日湖上的五個小島嶼。詩以為記：「臨湖遠望格姆山，美人沉睡未知醒。越千年，益艷麗，秀髮披肩胸脯挺。格姆山，睡美人，長恨當年誤知音。淚灑蹄印竟成湖，珍珠化作綠島群，愛煞世間人！」

　　曾與一位摩梭人談及他們的走婚風俗，汝亨先生堅稱，他們的走婚並不如外人傳說那樣是一種「亂婚」，相反，是真正以愛情為基礎。走婚前，男女雙方先有一段相識相瞭解過程，產生了愛情以後，才相約在花樓幽會。

　　每家的花樓都獨立於主屋，佈置得特別優美雅致，男阿夏帶著定情禮物，晚間上花樓與女阿夏相會同宿，天明必須離去。男不婚，女不嫁，雙方終生在娘家生產活動，子女由女方家庭撫養。男女沒有金錢糾葛，沒有婆媳妯娌矛盾，有的只是純粹的男歡女愛。感情投合，夜夜歡聚，感情破裂，來去自由。這種走婚制又叫做「異居婚」。由於孩子只認識母親，不知道誰是父親，母親便成為家庭裡的大家長，故有「女兒國」之稱。

　　走婚過程的羅曼蒂克，常叫外人產生豐富聯想。摩梭女孩在山清水秀的環境中成長，到13歲已經乳豐體健，曲線玲瓏，

這個年歲標誌著女兒已經是成人，要舉行一次十分隆重的「成丁禮」。

一般選擇年節喜慶日子舉行這個大禮，家裏佈置得漂漂亮亮，燭臺上青煙飄香。親戚好友，男男女女聚集一堂，由舅舅主持儀式，免不了對神像誦經祈禱，向太陽頂禮膜拜，鄭重宣告女孩已變作成人，從此有資格找阿夏談情做愛了。

接下來是母親領著黃花閨女出場，當眾告訴女兒誰是她的親生父親。只有等到舉行「成丁禮」這天，父女才首次相互認識。之後便是這場儀式的重頭戲：母親將女兒衣裙一件一件脫下，最後脫到一絲不掛，全裸顯露出豐滿而魅力四射的軀體，毫無保留地讓眾人觀賞和讚美。由於是傳統民風，這時女兒的心態是為自己的美體而興奮驕傲，少有害羞的表現。而阿夏們也在此時此刻受到異性美來電的震憾，下定了追求的決心。

「成丁禮」過後，男阿夏便像蜜蜂採蜜那樣追求女阿夏，他們在對歌，跳舞，交談當中彼此有了感情，相互愛慕，便私約到花樓相聚會。男阿夏要等到深夜才能從後門跳牆或攀趴進花房，女阿夏聽到約定的信號，知道心上人來了，才會開門迎郎入室，共度良宵。而在天明之前，一定要將情郎從後門送走。

更特別的是少女在首嘗禁果的第二天，要向姑娘們介紹經驗。在瀘沽湖長大的楊二車娜姆回憶道：「姑娘第一次和阿夏在花房度過美好難忘的夜晚，完成由處女到成熟女性的轉變，第二天都要向要好的姑娘們講述昨晚同阿夏做愛時濃情蜜意、銷魂蕩魄的美好感受。講述得越細緻、越繪聲繪色越好。如果誰的性愛經歷特刺激，有與眾不同的美好感覺，她不但不會受到人們的譏笑，還會贏得女伴的羨慕與青睞……我們認為性愛是很神聖、很自然、很美好的事，是天經地義、人人都要經歷的事，不是什麼神秘粗俗、見不得人的事」。

摩梭人的走婚，多數有長期固定的阿夏，從一、兩人到四、五人不等，也有更多的。一般年輕時常有較多的阿夏，到中年以後，便逐漸和一個阿夏固定關係。也有些春心不老的年長者不願有固定的阿夏，依然以走婚作性遊戲，則往往會受到村人輿論道德的譴責。

楊二車娜姆特別強調，「走婚」絕不等同於群婚或性泛濫，它完全是建立在自主自願的感情和約定俗成的道德基礎上，由此而促成摩梭人母系社會的團結和睦。在實行走婚的阿夏中，幾乎從未發生因愛情和婚姻矛盾或財產糾紛而引起的刑事案件。有許多不成文的習俗在那裏制約著人們的行為規範，諸如母系血緣近親不婚等原則。

在世人眼中，摩梭人這些風俗習慣，確實很奇特。如果拿它與當今西方世界的性開放相比，似乎多了一份純真與樸實，少了一份有性無愛的假意。當今文明社會的婚姻制度瀕臨許多危機，研究摩梭人的走婚習俗未嘗不無益處。至於上面談到的阿夏走婚習俗的種種細節，是否一直到流傳今天，則筆者未及深究。

以走婚為主的「異居婚」有的可以發展成「同居婚」，這時男阿夏或女阿夏住進對方家庭，成為該家族的成員。近代也有一些男女離開大家族，另築小愛巢，則與現代一夫一妻制無異了。在摩梭人聚居處，這三種婚制並存，但當今仍以「異居婚」為主流。他們沒有明文的婚姻法，卻有千百年來約定俗成的道德標準制約著人們的行動。

外界對這種婚姻制度有褒有貶眾說勿論，文革期間卻真有一批由毛思想武裝的紅衛兵，來到這窮鄉僻壤，封閉花樓，強行禁止走婚制度。然而，改革開放後，異居走婚又回潮變為主流，這種現象倒真值得文明社會的婚姻法學者去探討。

在摩梭園過了一夜，參加了他們夜間的篝火晚會，見男女阿夏能歌善舞，熱情奔放，不覺夢中走婚一趟，得詩一首：

「摩梭園，樓閣美，夜夜春風魚戲水。返樸還真純蜜愛，鰈鶼情濃燕雙飛。摩梭園，樓閣美，杯酒酣睡夢境回，夢入花樓都是春，一枕黃粱不追。」

從瀘沽湖返回麗江再飛昆明，領隊的鈕處長鬆了口氣說：「早知路途如此多險，不會帶你們來」。我卻慶幸此行有驚無險，看到了人和環境的自然生態。只可惜還看到開放旅遊以後，商業化已經帶進了摩梭村寨。如何能使摩梭人富有起來，而又能保存純樸自然的民風及自然生態，如何達這到兩者的平衡兼顧，確是對當地執政者的一個大挑戰。

原載《世界日報》副刊

麗江古城

有八百年歷史的麗江古城，又稱大研鎮，於1997年被聯合國科教文組織定為世界歷史文化古城，列入《世界遺產名錄》，是保留至今最完整，最具代表性的明清遺風城市。她和周莊地處華夏一西一東，卻有異曲同工之美。

麗江城以古色古香的民房建築群稱著，從高處看，菱角瓦頂鱗次節比、密密麻麻一大片，坐落在終年積雪的玉龍山下。城中心為類似小廣場的四方街，是集市，也是節慶聚會的地方。六條主街向外延伸，再分支出縱橫交錯的小街巷，。最特別的是來自玉泉（黑龍潭）的三條水溪流過街巷，主流又分成許多支流，帶出一座座古樸幽雅的石橋和木橋多達三百多座。古人說：「家家泉水饒詩意，戶戶垂楊賽畫圖」，正是這個古城鎮的寫照。既是山城又是水鄉的風貌，使她贏得「高原姑蘇」的美名。

還記得那晚風柔月彎，溪水緩流，和妻子及文友數人，坐在古城面水的一張小桌旁，觀水中碎月如銀，看小街遊人往返，談天下趣事，道今古情懷。店主是納西族婦人，頻頻端來飲料和糯米糕點，柔聲笑語，動作麻俐，服務殷勤周到。

傳統上納西婦女是一家的主腦，也是勞動和掙錢的主力。她們非常能幹，管店鋪，帶孩子，料理家務一手包辦。男人幹什麼呢，他們愛讀書，擅長琴棋書畫。妻子也以這樣的丈夫而自豪，不計較自己的辛勞。因此，納西族過去多出秀才和當官的，出過翰林2人，進士7人，舉人60多名，有詩文傳世的50多人，近代也出現不少學者藝術家。當然，男人成天穿得斯斯文文，東家下棋，西家聊天，或在家彈琴、繪畫、寫字，對女人

並不公平，然而另一方面卻也成就了相當繁榮的納西族東巴文化。在木府的「萬卷樓」裏，藏書以數萬計，其中有東巴經，大藏經，詩畫集數以千計。

至於在鄉下的農家，過去也是女人下田比男人多，她們照管經常性的農活。在山裏好幾次看到揹著大梱柴草的都是婦女。男人在農忙季節才認真下地幹活，平時多去摸魚蝦，走點小買賣。

現代納西人已經跟過去有所不同，雖然婦女依然主宰家庭，男子漢卻比過去負擔了更多的家庭責任。我們曾經到一個城郊的村舍做客，看見男女家庭成員，都一樣在廚房燒火做菜，在廳堂進進出出，忙著用最好的食物招待客人。他們樸實厚道，情意深長，促我寫下了一首小詩作紀念，《在納西農家做客有感》：

「納西小庭院，農家房舍新。屋簷懸玉米，方桌迎客賓。枝頭蘋果綠，地下落花生。青菜豌豆角，採來宴客人。廚房爐火旺，鐵鍋炸煮蒸。碟碟香噴噴，碗碗農家心。火鍋滾燙燙，鮮美口不停，黃酒暖腸肚，啖啖主人情。男女頻招待，樸厚又單純。臨別立車前，揮手情意深。我等遊四海，五洲留腳印。冷暖心自知，最熱故國情。」

納西人的樸實真情叫我難忘，納西族的人文傳統，同樣令我驚嘆。參觀木王府的宮殿，看到那宏偉的紅墻綠瓦，遊龍戲鳳，層層疊疊的宮廷建築，立即想到這是南、北兩京城王室宮殿的模仿。古時此地尚屬蠻夷之邦，何來此既具中原氣魄，又富有江南雅麗的王家建築？

原來明洪武十五年，統治麗江的通安州知府阿甲阿得歸附明朝，朱元璋賜給他「木」姓，並封為世襲知府，從此木王府世代成為麗江的統治者。他們善於學習中原的文化。在建築王府時，就以京都的宮廷為藍本。無怪乎四百年前的旅行家徐霞

客下榻後驚嘆道：「宮室之麗，擬於王者」。在全盛時期，宮廷佔地數百畝，有近百座建築物。可惜後來毀於清末兵火，文革時紅衛兵又將僅存的石牌坊當作四舊而破壞殆盡，只剩下光碧樓等零星建築。

　　為恢復古跡的面貌，1999年由世界銀行貸款，重建了今天的木府宮殿。在一條中軸綫上，先走過三座氣勢不凡的牌坊：首先是三門二疊，飛簷斗拱的木牌坊，上題「天雨流芳」，納西語的諧音意為「讀書去吧」；接著是「忠義」石牌坊，前有四頭石獅子守衛；然後是儀門，有「木府」大字匾額，另具楹聯道：「鳳詔每來紅日近，鶴書不到白雲閒」。顯示木王對朝廷的忠心耿耿。

　　走過儀門來到一個殿前的廣場，停步欣賞一下大殿的宏偉與精緻，樓閣，廊道的優美。再進入金碧輝煌的殿堂，觀瞻多達十餘道歷代皇帝禦賜的匾，諸如「誠心報國」、「輯寧邊境」、「西北藩籬」等。然後逐一參觀議事廳，萬卷樓，護法典，光碧樓，玉音樓，三清殿，木家院等古建築系列，這些建築一直延伸到獅子山園林。喘氣爬石階到山頂，來到「望古樓」居高臨下觀看，從壯闊的宮廷建築群，紅墻琉璃瓦，到延伸天際的青瓦民房，一派麗江古城風貌盡收眼底。

　　晚間觀看「東巴樂舞」是一大藝術享受，所演出的「東巴經腔」，「東巴舞」，分成七個樂章的古樂「崩時細裏」、「民間歌舞」、「栽秧調」等，都是原汁原味的納西族古代藝術精華，有些幾乎已經失傳，經過尋回民間老藝人，多方搜集才搶救回來的，如今成為招待遊客的熱門節目。有一段歌詞，十分樸素卻滿有生活的哲理，特錄如下：

　　「再漂亮的姑娘，看上三天也有缺點。再難看的姑娘，看上三天也有優點。世上沒有完美，也沒有一無是處。十三的月亮雖然不圓，再過兩天就會完滿。十五的月亮雖然圓，再過兩

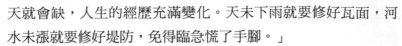

天就會缺，人生的經歷充滿變化。天未下雨就要修好瓦面，河水未漲就要修好堤防，免得臨急慌了手腳。」

目睹麗江的人文歷史成就，遠超過其他許多少數民族，不禁想起孔明征服孟獲的故事。曾有史家論道：「諸葛亮之功，不在北伐曹魏，而在南拓蠻土」。他高瞻遠矚，七縱七放孟獲，征服了西南野蠻民族的心，使之誠服而歸化中華。麗江的歷史成就是否與諸葛孔明的影響有關聯，值得史家去探討。

原載《拉斯維加斯時報》

麗江古城多美女

西雙版納

　　不知從什麼時候開始，西雙版納這名稱，給我一種神秘感，總覺得裏面有美的化身，有愛的柔情，有奇的境界。是否由於「版納」的歌舞產生了極優美的感覺，或者因「潑水節」的版畫留下深刻印象，自己也弄不清。

　　飛抵西雙版納，被帶去一個大公園，初來乍到就經歷了一次「潑水節」洗禮，全身被淋得像個落湯鷄，才領教了傣族男女這獨特的風俗。起初許多遊客都閃在一邊，意在看看熱鬧而不沾水，誰知有人會從背後將水潑來，既然濕了身當然就不再有顧慮，便跑去潑別人的水。你潑我也潑，越潑越起勁，真想不到冷水還會將人潑得熱乎乎的，男男女女都潑得興致勃勃，又是叫，又是追，還在濕漉漉中跳起舞來，好不熱鬧。

　　潑水自然是一種胡鬧，但比起拉丁美洲一些地方，用熟透的紅番茄相互投擲，弄到人人滿臉滿身血淋淋似的，或者比起美國人將生日蛋糕糊到別人臉上，還算斯文許多了。

　　上面所講的潑水節鬧劇，其實都是假的，不過是為招徠遊客而故意裝扮設置出來的。傣族人真正的潑水節，一年只有一次，在六、七月間，那是傣族人的新年，是最隆重最快樂的節日，一共要慶祝三天。

　　這幾天可真熱鬧了，人人都盛裝打扮，傣族少女的裙子，很接近西方世界的時裝，不僅顏色鮮豔，而且薄衣貼體，凸現出女性的曲綫美。當日在瀾滄江上有划龍船比賽，平地裏放起火燈高升，男女青年丟繡花包來求愛偶，人人上廟堂拜佛爺求幸運，還給佛爺洗塵沐浴等等。浴佛以後，男女老幼都相互潑水、意在洗去俗塵晦氣、慶賀來年福壽平安。人人都參與的潑水耍鬧，將新年推上熱氣騰騰的高潮。

　　世界各民族都用自己的特殊方式慶賀新年，西雙版納的傣族人，用潑水來慶祝顯得很特別，據說泰國和東南亞好些地方也風行潑水遊戲。

　　西雙版納最令我感興趣的，還是遊覽熱帶雨林，這是世界少見的保護良好的原始森林，面積有七十多萬畝。我們參觀的只是鋪設了石路的一段，即便如此，也叫我留下終生不忘的記憶。

　　走進這個大森林，抬頭幾乎見不到陽光，在樹蔭蔽日的林子裏，見到一個個白色小斑點落在灌木叢上，這是透過千枝萬葉才得以漏網進來的點滴陽光。「參天」兩字的真正意味，來到這裡才有所體驗。最高的喬木身高六、七十米，被稱為「望天樹」，矯健豪邁地挺拔在層層疊疊的雜牌軍樹叢和蔓藤之上，她們是在艱巨的大自然競爭中脫穎而出的佼佼者，只有他們才有資格享受最充分最完全的陽光。我翹首凝望這些樹中的英傑，為他們出人頭地而欣喜，也想像得出他們一路攀升上去的艱難困苦歷程。

　　中層的樹木有二、三十米，也以喬木為主，為了爭奪陽光，把樹冠伸展得盡量寬闊，綠葉婆娑多彩多姿。低層的植物種類繁多，如杉木、棕樹以及蔓藤等等。尤其是籐類植物，生命力極強，纏繞寄生在各種樹木上面，到處可見藤條橫行霸道，無處不被它包圍纏繞。

　　眼前就有株大樹，至少須三、四人才能合圍。大樹的身體已被盤根錯節的巨籐嚴嚴實實地包圍住，籐條有碗口粗的，也有手臂或指頭粗的，僵硬而蠻橫，像緊咒箍那樣把大樹套牢，一直套上樹頂，上面青青綠綠的葉子到底是籐葉還是樹葉也難以分辨了。走近樹腳一看，一個牌子上面赫然寫著：「絞殺王」，何等可怕的字眼！這「王者」自然就是攀纏住大樹的巨籐了，至於被絞住的大樹現在是活著，還是只剩下軀殼？前景又當如何？就只有上帝知曉了。

人類之間的殺戮已經有數千年歷史了，野獸的弱肉強食在電視上也常有所見，至於植物之間如此你死我活，持續百年千年的鏖戰，如果不是來到這原始森林，還真是想像不到呢。原本以為西雙版納四季常青，景色迷人，是版納姑娘與情人幽會唱情歌的世外桃源，想來是過於虛妄了。

　　然而也有一個不為人知的清靜美麗世界，獨立於森林之巔。據說如果能爬上「望天樹」之頂端，你可以看到在人世間看不到的「空中花園」。那一株株，一串串千紫萬紅，風姿綽約的鮮花，亭亭玉立在大樹頭頂，人們稱她們為「附生」花族。這裏潮濕而多雨的環境，使她們以淺淺的根攀附在樹枝樹幹上，就能繁殖生長和開花。即使有些老樹早已乾枯死過去多年，附生在那裏的虎頭蘭、金石斛、密花石仙桃等依然生趣盎然，一代一代地展現她們的花容月貌。

　　自然界一物治一物果真不假，誰會料到那嬌嬌嫩嫩的小花朵，能夠高高凌駕在參天古木之上呢？

　　雖然普通人無法爬上「望天樹」去看「空中花園」，然而在參觀熱帶雨林當中，有幾段空中吊橋，卻令人覺得相當驚險

西雙版納

有趣。吊橋懸掛在樹木中段的高度，寬約一尺，在半空中搖搖晃晃，腳下只見黑壓壓的樹叢枝葉不見底。幸虧兩邊都有扶手和保護網，讓我們在提心吊膽中，有機會一睹樹林高處的風光。

在這個原始森林裏，還居住著各種各樣的野生動物，如大象，黑熊，野牛，猿猴等等。鳥類多達四百多種，諸如孔雀，犀鳥，白鷳等。當然，要細看各種飛禽走獸，就需要走到更深入的大森林裏去探險了。

原載《星島日報》陽光地帶版

九寨歸來不看水

　　楓葉初紅的仲秋時節，筆者隨洛城作協一行二十人，應中國作家協會邀請，由作協外聯處蕭驚鴻小姐帶領，暢遊四川、廣西、福建等地的名勝，九寨溝是其中最為迷人的勝地。

　　水之美乃是九寨溝迷人之源，秀麗之靈。「九寨歸來不看水」是否太誇張？水，不外乎透明而善變，看來看去還不是那樣子，去之前這樣想，實地觀賞之後，卻不得不折服水的變化有多迷人！

　　古人說「楚水清若空」，魚兒「皆若空遊無所依」，是描寫水之清澈；「春潭千丈綠」、「江水綠如藍」、是描寫水的色彩；「捲起千堆雪」、「萬里堆琉璃」是形容水之勢態。九寨溝可謂兼而有之。

　　九寨溝水之清澈，是由於冰雪融化後，從四千多公尺的高山流入、或滲透入六十多公里長之山溝，沿溝壑皆為堅硬的石灰岩。水溝負載著本已清純的水，一個接一個地流進被當地藏民稱作「海子」的小湖泊——共有一百零八個之眾。湖水看似靜止，實則緩緩流動，沉澱一切雜物。立於湖邊或棧道之上，可對水下世界一目了然：魚兒懸空而遊，水藻輕輕飄搖，卵石靜臥水底，朽木橫置其間，連附在朽木上如絲如毯的外衣都看得清清楚楚。好一幅真空裏的水晶宮。

　　最難於形容的是九寨溝水的色彩。從三亞海灣到大連港口，從加勒比海到阿拉斯加海灣，海水顏色都可用碧藍碧綠去形容。九寨溝「海子」的水，不同於大海的藍色，也不同於西湖的綠色，是一種別處看不到的，近似藍、綠、紫的糅合，想了半天也找不到合適的形容詞。同行的蕭驚鴻小姐卻一語道

破：「那是寶石藍唄！」果然不錯，是「寶石藍」，「海子」藍得就像一片片藍寶石！

我欣賞九寨溝靜態的美，更欣賞其動態的美。水從高山一路奔騰而下，越山崖，過九寨，聚「海子」，又順勢流入河道、溪澗、山溝，凡數十里之遙，依不同的岩層、地形、山勢，形成不同的景觀，諸如激流、淺灘、瀑布、海子。其中引人入勝的瀑布有十五處之多，或依山勢而飛淌，或過石林而環流。瀑布形狀千姿百態，如銀河高懸，如珠簾落地，如捲雪千堆，如萬馬奔騰。

其中最不尋常的要數珍珠灘，電視劇《西遊記》曾在這裡取景拍攝。激流來至瀑頂一片開闊的淺灘地帶，遇上一簇簇灌木林，以及高低不平的岩石，激起數不清的水花。陽光灑在三百多公尺寬的水花舞臺上，眼前呈現一片晶瑩透剔，如無數珍珠在閃爍飛舞。舞臺前頭突然峭壁懸空，激流猛然從陡峭斷層橫沖而下，形成龍騰虎躍，壯麗無比的珍珠灘大瀑布。置身其間，如醉如幻，不知是人間還是仙境。

九寨溝美景不勝數：火花海，盆景灘，熊貓海，孔雀河道，五彩池，樹正群海，鏡海，原始森林等等，各顯特色的優美景點不下三、四十處之多。

人說九寨溝最美在秋季，金秋時節可以飽覽九寨七絕：秋色、彩葉、藍湖、倒影、飛瀑、激流、棧道。細觀眼前景致，你會立即為金秋的美色陶醉：翡翠寶石藍的湖面和清溪，倒映出兩邊的高山，山坡的原始森林，全被畫師精心塗抹上紅一片，綠一片，青一片，黃一片。生平未曾見過如此多彩生色的山林水影，禁不住不停地拍照，不停地驚呼叫絕，不禁也仿古人吟誦起來：

「金秋漫步九寨溝，山山水水披錦繡。遠眺群山鋪七彩，近看倒影水中游。世間何來此高手，繪出奇幻滿山頭。繡出寶石藍湖水，造出仙境九寨溝。」

原載《星島日報》陽光地帶版

霧都重慶

　　油輪即將到達舊日的陪都重慶，我立在船舷，遠遠眺望，只見霧鎖雲封的一片朦朧中，山城的輪廓若隱若現。

　　我忽覺浮想聯翩，思緒萬千，這不就是深藏在記憶中，我童年生活過的地方嗎？在洞穴裏，聽著一次次的緊急警報，伴來轟隆轟隆的爆炸聲浪，大人摀住孩子的小嘴，制止任何的哭叫……在山坡一座茅房裏，和堂弟們一起打地鋪，薄薄的毯子加蓋上棉外衣禦寒……用黏泥土捏造小動物玩耍……

　　那是抗日戰爭的艱苦年代，父親在前線隨空軍部隊四處轉移，將家眷安置到重慶叔父的家中。當時重慶是戰時首府，中央政府所在地。叔父那時在中央新聞處工作，與嬸嬸及三個孩子住在城郊的一個山坡上。小小的茅舍是用泥巴糊在竹子編織的牆，再用茅草蓋成屋頂。母親、妹妹和我三口人搬入，便將小茅舍擠擁得將近「爆棚」，孩子們只能睡在鋪上油布和草蓆的冰冷泥土地上。寒冬臘月，往往半夜凍醒，卻見到叔父走過來，將自己白天穿的灰色棉襖蓋到我身上，於是我便在暖融融當中睡去。

　　油輪靠岸了，導遊帶領我們從碼頭一步步登高走上山城，旅遊車已經在路邊等候，載上我們這些從美國來的遊客，繞著層層向上的環山馬路緩行，我注意到路旁的一側，店鋪和樓房似乎鑲嵌在山石之間，另一側居高臨下，可以看到煙波滾滾的揚子江，好一座氣勢不凡的山城！我對童年生活過的城市風貌，竟然沒有什麼印象，心中實感有愧，唯一能說出名字的地方，只有「紅球壩」三個字。

　　「您知道紅球壩在那裡嗎，小姐？」我已經第三次向年輕又秀氣的導遊小姐發問，回答依然是「不知道」。我很失望，

因為這是我僅記得起的重慶地名，是我童年住過的地方。還記得我們住屋後面的高坡上，豎著一根高高的桿子，日本飛機來空襲時，桿上便升起一個紅球，如果升起的紅球有兩個，便是緊急警報信號，「嗚嗚—嗚嗚—嗚嗚」一陣陣緊迫刺耳的警報聲也同時此起彼伏，彷彿將死神帶到了每個人頭頂，人人驚恐慌張，大人孩子都一窩蜂地鑽進山洞裡……我記憶中的「紅球壩」，到底是指那升起紅球警報信號的地方，還是真正的街道名稱，我始終未能得到答案，然而，我對叔父的懷念卻愈加深切了。

我們來到一座居高臨下，能鳥瞰全城的山峰——峨嶺，嶺上有一座高塔，沿著塔內的石階爬上最高層，舉目眺望，山城風物影影綽綽，嘉陵江和揚子江會合的宏偉氣派也隱約可見，只可惜霧靄重重，一切都顯得朦朦朧朧，彷若處身於古代山水畫的雲層霧端……

在一片迷茫中，我憶起叔父那永遠是溫和慈祥的臉孔。五十年代初，父親帶我從香港回到廣州，見到叔父穿著灰色的幹部裝，成了省裡的大幹部，才知道他在重慶時已經是雙重身份的共產黨員，一邊在國民政府的要害部門任職，一邊為共產黨做情報工作。廣州解放時他成了軍管會成員，參加接管城市的各項工作。叔父青年時期留學日本，那時在留學生中，風行馬列主義思潮，許多青年認為，只有共產主義才能拯救中國。留學生中興起一些研究馬列的小團體，成為後來發展共產黨組織的基礎。叔父就是在那股潮流中接受了左派革命思想，並且加入了共產黨。日本侵華戰爭爆發後，他回國參加抗日戰爭，在南京入軍政學校，後派往江西和日軍作戰，以後又堅持了多年地下工作，我曾在一些刊物中看到有關他在重慶以雙重身份進行地下鬥爭的驚險有趣故事。

然而他從不愛炫耀自己，即使對自家人也不講述自己為革命立過的功勞。他對共產黨可謂一片忠心，千方百計向我父

親解釋黨的統戰政策，曉以共同建設繁榮富強新中國的理想，想說服我父親留在國內，參加發展新中國航空事業。然而父親久經世故，對黨派與政治已經厭倦，認為自己無法留在國內做事，不久便離穗回到香港，後來移居美國。

我那時受到叔父的影響，十分嚮往當時的革命潮流，不願留在香港，堅持回到廣州念書，叔父便成為我的家長和監護人。其時叔父要養育五個孩子，負擔很沉重，卻對我十分愛護。每當從寄宿的學校回到叔父家，嬸嬸總愛煮蕃茄蛋花湯和肉絲炒榨菜給我吃——這在他家已是上好的菜式了。

叔父常常教導我，要艱苦樸素，把國家民族和百姓的利益放在第一位。他自己也躬身力行，論級別他已屬高級幹部，卻從不搞特殊化，不走後門，不逢迎巴結，不拉關係，不搞吃喝玩樂那一套。每天清茶淡飯，兢兢業業工作，十年如一日。然而這樣的幹部卻不吃香，職位一直沒有提升，他卻毫無怨言，依然埋頭苦幹，不計報酬。三年饑荒時期，他和全國人一樣缺糧食、缺營養，肝炎病迅速加重，肢體出現浮腫⋯⋯

下了峨嶺，我們來到著名的「桂園」遊覽，這是過去張治中先生的公館，也是戰後國共和談的會址，門外有敘述歷史的碑文，裡面保存著當年蔣中正、毛澤東、周恩來住過的臥室、床鋪、傢俱，還有會客室，會議廳等等，一石一木都記載著當時決定中國命運的重慶談判歷史。

我觀看著歷史的遺物，觀看著「偉大領袖」們的照片，心裏默默在想：如果當時的和談真正彼此有誠意，實現了戰後的和平建設，中國應當早已立足於繁榮富強之列，用不著走這麼多彎路。

政治現實是嚴酷的，叔父雖然大半生做了「馴服工具」，對領袖竭盡忠誠，卻命途多舛。由於在國民政府任過職，便一直在政治上受到懷疑，文化革命中被「造反派」揪鬥，不問情

由被打成「鑽進革命隊伍的反革命」，長時間受到監禁、批鬥、污辱、甚至拷打，導致肝病迅速惡化，腹部因積水而變得漲鼓鼓的，依然得不到應有的治療，終於含恨離開了人世，享年才五十二歲！那時嬸嬸已下放到山區勞動，堂弟妹們尚未成年，寡婦孤兒，熬盡了人間的辛酸。後來雖然獲得平反，叔父在名譽上官復原職，然而人去樓空，親人們悲涼破碎的心如何能復原？

直到叔父去世後數年，我才有機會帶著妻兒，到烈士公墓瞻仰叔父的遺灰，面對叔父的遺像，我默默地說：願您在天之靈安息！

濃霧逐漸消散，霧都重慶透出薄薄的陽光，桂園風物依然如故，神州大地已經在晨曦中蘇醒。

原載《星島日報》陽光地帶版

黃果樹大瀑布

「疑是銀河落九天」寫的是望廬山瀑布，似乎將瀑布的奇觀寫絕了。李白雖未曾拜訪黃果樹，後人卻借他這詩句意境寫出變奏曲，紛紛用銀河來描摹黃果樹大瀑布，諸如：「寒聲天上落銀河」、「靜觀飛湍銀河傾」、「銀河倒落千江派」、「銀漢倒傾三疊而後下」、「帝怒倒決銀河流」、「銀河欲轉上天去」……

除了用「銀河」來比擬瀑布外，也有用潔白的絲絹來形容的，如「山腰玉練」、「白練橫鋪」、「匹練掛遙峰」等。古代旅行家徐霞客來到黃果樹，說那條大瀑布如「萬練飛空」、「鮫綃萬幅」，而落地綻開的水花則如同「搗珠崩玉」。

以「雪」來形容瀑布也相當生動：「映日常留千丈雪」、「飛流噴雪近山家」、「噴為晴雪飛翩翩」、「挾轟雷之響，噴古雪之珠」，等等。

古往今來為何有那麼多墨客騷人都挖空心思，去描畫黃果樹的飛瀑奇觀？

黃果樹瀑布坐落於貴州省西部，離貴陽市150公里，是中國境內第一大瀑布。來到她腳下，幾乎全部感覺器官都會緊張活躍起來：耳朵被鼓角雷鳴的落水擊石聲灌滿，視力被奔騰飛瀉的巨大水簾吸住，鼻孔貪婪吸入沁人心肺而帶水味的空氣，皮膚觸著飛濺的水珠而感到清涼舒適。

瀑布對山的通道有座「觀瀑亭」，亭上楹聯寫道：「白水如棉不用彈弓花自散，紅霞似錦何須梭織天生成。」立於此亭觀瀑，但見白如棉絮，美如雪花，急若山洪的瀑布自山頭湧出，繼而急墜深潭，形成一幅潔白無瑕的巨幅簾幕，一道冰晶玉潔的屏障，橫掛在藍天白雲下，鑲嵌進蒼翠碧綠的高山林木之間。

瀑布從天而降，直沖下山谷底的犀牛潭，綻出千朵銀花，萬顆滾珠碎玉。由猛烈碰撞激起的水霧籠罩山谷，一道彩虹斜掛在山間。古書記載「潭上有五色雲起，芝草生，神犀出遊」。把犀牛潭神化自然是一種假想，然而在陽光下看見五色彩虹出現卻是古今未變的事實。

參觀黃果樹瀑布，需要以瀑布為中心，沿著山路走一個半圓型的圈子，分別從高、低、遠、近——前、後、左、右不同方位去欣賞。其間有特色的景點除正面的「觀瀑亭」遠觀外，還有在犀牛潭身邊，從瀑布腳下就近仰視的「觀瀑台」，也有立足更高更遠，居高俯視的「望水廳」，以及瀑布身後神奇異常的「水簾洞」。立足不同的方位，你可以攝取到姿色風采不同，魅力神態各異的同一大瀑布，繪出同根同源卻又變化多姿的連環畫卷。

最叫人嘆為觀止的莫過於遊「水簾洞」，這是躲在大瀑布背後的石山中一條隧道，瀑布如同一張大簾幕將它遮蓋。水簾洞通道全長134公尺，妙趣橫生的是通道上有五個洞窗，每走一段，便可以從這些「視窗」或「陽臺」觀看近在咫尺的瀑布，猶如萬馬奔騰，萬箭齊發，飛馳下瀉，還可以傾聽大水衝擊山石奏出的激流交響曲，觸摸飛流千尺激起的潔白水花。當遊客全神貫注於洞口外的瀑布簾幕時，很少人會注意到洞廳內壁上面，處處是千姿百態的鐘乳石，嬌滴滴在向遊人招手，卻得不到應有的回應。

「水簾洞」的名稱源於美猴王孫悟空的故居，那裏有一個奇異的石宮，稱為「花果山福地，水簾洞洞天」，也有一瀑布簾幕遮擋住進口，老孫曾在那裏接受眾猴兒拜立為千歲猴王。如今黃果樹大瀑布後面水簾洞的進口處，立了一座孫大聖的塑像，與懸掛在石壁上的古榕盤根，倒垂仙人掌一道，形成一個人文史與大自然交融的獨特景觀。

在黃果樹大瀑布周圍，不曾見一株黃果樹，這名稱從何而來？

原來當地民間有一個故事，說原先這地方是出產黃果的。一對窮苦的農家夫婦種了一百棵黃果樹，這年只結出一個果子，雖然碩大無比，依然令他們很失望。這時恰巧有個遊方道人走過，發現了這個獨掛枝頭的黃果，大為驚喜，便許下用千金購買這果子，但須等待黃果在樹上再長足一百天才能來摘取。他付下定金後離去。農夫農婦便小心翼翼照料看守這顆黃果，一直守了九十九個日夜，到了最後一夜卻心神不寧無法入睡，害怕熟透的果子會招受蟲鳥傷害，於是漏夜起身去摘下黃果。

次日黎明道人來到農家，看見樹上果子已被摘下，便連聲嘆氣頓足。他叫這對農家夫婦拿著黃果來到大瀑布下的犀牛潭，將黃果投進滾滾沸騰的潭水裏，只見那黃果在水中旋轉滾動，而且越滾越大，把潭水和瀑布全吸進去。這時農夫農婦忽然看到山谷金光閃閃，原來犀牛潭底堆滿金銀珠寶，玉翠瑪瑙。他們正在驚喜不已，瞬間黃果一聲爆裂，霎時飛瀑沖下，犀牛潭裏的金銀財寶在水花四濺中被淹沒。老道人搖頭說：「都是因為黃果未熟透被摘下，欠缺火候之故。」

黃果樹大瀑布

每當天氣晴朗，黃果樹瀑布下的犀牛潭，會出現七彩飛虹，傳說那是金銀珠寶的反光呢！

古人用銀河比擬瀑布，其實也有其局限性，那時他們還沒有機會到美加交界處看看尼加拉瓜大瀑布，如果看過的話，一定會覺得那極為寬闊壯觀的橫幅畫面，絕不像高懸在天際的銀河。黃果樹瀑布寬81米，不及尼加拉瓜八分之一，高74米，比尼加拉瓜高出二十多米，用銀河、絲帶去比喻卻很得當。

如果說，尼加拉瓜瀑布須用西方橫幅畫卷，方能展現其壯闊雄偉；那麼黃果樹瀑布則宜用中式的直立卷幅，去突顯那飛流直下的高挑秀麗。

原載《星島日報》陽光地帶版

三峽留影

　　很慶幸此生有機會兩度暢遊長江三峽，一次在大壩建成前，一次在大壩建成後，至今回味無窮。將美國的海上遊與三峽的江上遊作一比較，豪華的大遊輪充滿感官上的快樂刺激，三峽之遊則更富於精神上的陶冶與享受。

　　大壩建築前，登上號稱第一流的豪華遊輪「皇帝號」，感到清潔、舒適、安靜。然而因為缺少娛樂設施與活動項目，使人覺得除閑談以外無事可為。晚上間或有舞臺表演，只是船員自演的簡單歌舞，與海上遊輪的天天吃喝玩樂，夜夜笙歌熱舞不可同日而語。

　　人為的節目雖不足，然而長江兩岸大自然提供的豐盛景觀，卻遠非單調的大海可以比擬的。面對巍峨崢嶸的高峰、挺拔陡峻的峭壁、滾滾奔騰的激流，你可以長時間地觀賞沿岸不斷變換的畫面景色，絕不會感覺時光的流逝。我久久地立在船舷，觀看立在兩岸的農民、漁夫和孩子，他們都遠遠地向我們招手。那青山上的片片梯田，使我聯想到千百年來他們就掙扎奮鬥在這窮山惡水，哺育著一代代子孫，創造著中華民族的物質和文明。

　　長江水奔騰飛躍，古人的詩句也在我心頭跳躍：「巴東三峽巫峽長，猿鳴三聲淚沾裳」，「兩岸猿聲啼不住，輕舟已過萬重山」。我放眼觀望那鬱鬱蔥蔥的重崖疊嶂，卻看不見一隻猿猴，更聽不到一聲猿鳴。其實沿岸臨水之處，早開發成農家的田園。我想，在李白那個時代，也許還有大片原始森林覆蓋兩岸，才能引發出那樣的寫生詩句。

　　廣播器忽然發出通知，說遊輪正來到巫山的神女峰，叫大家都到上層的甲板看風景。船上的導遊指著高山之頂立著的一根柱狀岩石說：這就是千百年來站在峰頂，朝迎神曦，暮送晚

霞的神女瑤姬的化身。導遊小姐知識廣博，講了幾個有關神女的有趣故事。

傳說當時洪水滔天，西王母之女瑤姬曾助大禹導波決川，疏通洪荒。水患消除後，瑤姬恐江水再度泛濫，便與十二姐妹化作十二秀峰駐守三峽，這就是人們看見的巫山十二峰，當中最叫人嘆為觀止的皎皎者當數神女峰。

更富浪漫色彩的是關於「雲雨」的故事，說楚襄王遊巫山時夢見神女美麗非凡，「其象無雙，其美無比」，連西施見到都要掩面失色。楚襄王在睡夢中與她交合，深感「夫何神女之皎麗兮，含陰陽之渥飾」。瑤姬臨去說自己是在「巫山之陽，高丘之陰，旦為朝雲，暮為行雨」，後人便用「雲雨」來暗指男女交歡的事。

許多詩人騷客都留下抒寫巫山神女的詩篇。其中有褒也有貶，貶的主要是說她「願薦枕席」給昏庸好色的楚襄王。李白感到不平，則反其道把神女描寫得高貴而超脫：「瑤姬天帝女，精彩化朝雲。婉轉入霄夢，無心向楚君」。在李白看來，清高而秀麗的瑤姬根本就看不上楚王。

聽著，想著，種種的神話傳說，使我的眼睛乘著想像的翅膀，飛向那遙遙高峰之上，忽然看見那高挑的石柱，變成一個苗條而美麗的仙女，遙立在高山之巔，引發旅人的遐思……

三峽天險既是古代兵家征戰的地盤，也是文人騷客浪跡的地方，一路上文物、古跡、傳說數也數不清。每到出名的地方，廣播器就通知乘客到甲板上去看古跡，聽故事，諸如劉備托孤的白帝城，諸葛亮擺佈水上八陣圖的奉節城，古棧道在峭壁上遺留的椿孔，以及張飛廟，屈原祠，孔明碑，昭君故鄉等等。至於詩人墨客的吟誦或手跡，更比比皆是。因此，每天最重要的事，便是留心聽播音通知，如果到了什麼景點，便匆忙往甲板上跑，生怕錯過機會去看古跡和聽歷史典故。

　　只有兩次讓我們離開遊輪，一次是上岸參觀「鬼城」酆都，另一次是改乘敞篷小艇遊神農溪。

　　遊酆都有如進入鬼門關，廟堂裡盡是牛頭馬臉惡鬼的塑像，黑夜走進去，在暗黃的燈影下，處處鬼影重重，實在談不上什麼興味。加上岸邊的過道排列著許多斷手缺腿的殘障乞丐，叫人倒盡胃口。

　　神農溪之遊恰恰相反，叫人興奮無比。那是一處與小三峽有同工異曲之美的遊覽勝地。當天正好大雨過後，原來清澈碧綠的溪水，突然變得濁浪滾滾。我們套上紅色救生衣，坐上能容納十多人的機動小艇。尾部由一人掌舵，船頭有兩個撐竹竿的船夫，任務是在激流中用竹尖抵住兩岸的峭壁石崖。去時逆流靠壁而上，他們倒撐石壁幫助推動小艇迎著激流行駛。回程順流飛下，他們處處點開迎面沖來的山崖峭壁，保障船身不致撞上石岩。此時抬頭仰望，兩岸盡是高聳的懸崖峭壁，天空顯得特別狹窄，激越迅猛的流水一瀉千尺。船上的驚呼聲，興奮叫喊聲和激流泊打石岸聲混成一片……

　　一位美麗的導遊少女穩坐船頭，為我們唱起土族山歌。望著她秀麗單純的臉龐和不畏風浪的姿態，喚起我一股突來的詩意，即興吟出幾句：

　　「她立在船頭，騎著激越的浪濤，揹起刀削斧砍的峭壁，有如霞光一道！一葉輕舟，幾點竹篙，逆浪更覺精神爽，她不住講，不住唱，唱出春回大地美，唱出神州江山嬌，唱出少女情意濃，唱得浪頭騷客心飄飄……」

　　神農溪少女在風浪中的矯健英姿，叫我至今不能忘懷。

　　我慶幸首次遊三峽，依然處處看到原汁原味古跡風貌。第二次遊三峽是在大壩建成以後，又是別一番景像。隨神州假期旅行社乘坐的維多利亞遊輪，號稱一流設施，房間都有觀景側廂，可以隨時觀看兩岸風光。每到重要景點，廣播器就會介紹一番。

大壩建成後過三峽，清澈的江水代替了過去黃巴巴的濁泥水，不見了打著漩渦的急流險灘，代之以安穩與寬闊的江面。兩岸青山依然秀美，略少了巍峨險峻，多了悠悠然的舒適感。過去的土墻茅舍已經葬身水底，如今山腰是一排排新樓房，一幢幢別墅式建築。朋友說，這依山傍水的別墅，在美國少說也值百萬。其實這都是沿江居民的新房舍，取代了葬身江底舊居。

有趣的是經過三峽雙線五級船閘，這是目前世界上級數最多的船閘，全長6.4公裡，其中船閘主體部分1.6公裡，引航道4.8公裡，船閘上下落差達113米，相當於40層樓房的高度。

遊輪進入第一級船閘後，關閉閘門，水位慢慢升高，至二級船閘水平面，即打開前閘門，駛進第二級船閘，關閉閘門後，水位再次升高……如此反覆五次，相當於通過五級水上階梯逐級上升，爬上40層樓高的水位，以此解決三峽大壩斷流以後，兩邊水位落差的通航問題。

過去遊巴拿馬運河，也曾乘遊輪通過類似的船閘，不同的是：巴拿馬運河是用三級上升，三級下降的船閘，去溝通太平洋和大西洋，每組船閘相距一到數小時船程，先升而後降；三峽大壩船閘則是連續上升五級，爬上高得多的水位，規模更加浩大。

之前曾聽說鬼城酆都已經葬身水底，想不到此次重遊，卻能乘纜車到山上去看。如以普通遊客而非考古專家的目光，新舊鬼魅世界似乎看不出大不同，只感到過去江邊的酆都，比較陰暗潮濕有股黴氣，新的鬼廟則更為乾爽光亮，空氣清新。我驚訝於如何能將整座廟宇從江邊搬到山上。

據稱因三峽水位上升而淹沒的古跡文物有1200處之多。對於重要的，有的實行整體搬遷，如張桓侯祠、丁房闕─無銘闕、大昌鎮、屈原祠和上述的酆都鬼廟等；有的在其周圍建造巨型圍堤，加以保護，如世界八大奇異建築之一的石寶寨等；

白鶴梁題刻是一組天然石樑，有題刻165段，石魚18尾，揭示當地自唐代至清代間的72個年份的枯水資料，是世界上所發現的時間最早、延續時間最長、數量最多的水文題刻，文物部門已經在其周圍建設了巨大的水下無壓透明容器，使之成為世界上第一座水下的博物館；對原本三面臨水的白帝城，實施原址保護，使之成為一座江中島。自然，更多的古跡已長眠於江水之下。

有機會看到新舊三峽不同風貌，乃人生一大幸，至於建大壩重要還是保古跡重要，則不屬本文討論的範圍了。

原載《拉斯維加斯時報》

羊城廣州

中國南方第一大城廣州市，迄今已近二千九百年歷史，是全國開放最早的城市。羊城是廣州的別稱，相傳西元前三百多年周顯王時，從南海飛來五個仙人，穿五彩衣，騎五色羊，手持稻穗。他們贈稻與民，並祝「願此街市，永無飢荒」，然後騰空而去。自此，「羊城」和「穗」成了廣州的別名。

廣州是我的出生地，也是青少年時期生活過的地方，重遊故地自然多了一分家鄉情。我曾再訪少時住過的河南鳳凰崗，當時還是郊區，有住宅也有菜田。住宅不遠有條小溪流過。如果再步行十分鐘就到了白鵝潭——珠江一個開闊的河面，少時常在那裏游泳。

記得有一次我瞞住家人到溪邊學游泳，恰遇潮漲水變深，一下水就回不了頭，喝了一肚子水往下沉，眼看快要淹死，恰遇一個農民走過，立即將我拉上岸，幫助吐出肚子裏的水，罵了我幾句後離去。儘管我一生都記住這位救命恩人，卻再也沒見過他。

一晃數十年過去了，再回到那個地方，卻再也找不到我住過的那類平房，全都變成十幾二十層以上的高樓。而白鵝潭的江邊的小區，更聳立著一排排高檔的公寓大廈。

偌大一個近千萬人口的大城市，要先觀看些什麼呢？跳到我心裏的是「羊城八景」，隨著時代變遷，這八景內涵也不斷改變，較新的說法是：雲山疊翠、珠水夜韻、越秀新暉、天河飄絹、古祠流芳、黃花皓月、五環晨曦、蓮峰觀海，其中起碼有五景值得去走走看看。

如果我是導遊，一定先帶你來一次「珠江夜遊」，嘗嘗珠水之夜的韻味。1993年以來，市政府刻意打造「珠江彩虹」工

程，沿江八層以上的高樓，都用彩燈和射燈裝扮起來，並在人行道樹木之間，建造一個接一個五光十色的廣告箱，將北岸造成一個燈飾觀賞地帶。在南岸，樹立一連串霓虹燈廣告牌，中間再間以木棉花形狀的燈飾。夜間乘遊輪浮游珠江水面，雖然無法看見岸上的大榕樹、木棉花、蜘蛛蘭，白蝶等風景，卻會沉醉於兩岸絢麗多彩的迷人燈飾。迎面而來七座橫跨珠江的大橋，穿上燈火通明的豔裝，宛如七條彩虹緩緩由遠而近，輕輕飄過你的頭頂。歷史悠久的南方大廈，愛群大廈，新時代的華夏酒店，白天鵝賓館，揮手迎接您的到來。在豪華遊輪的甲板上站累了，到艙裏坐坐，用點咖啡小點，或到舞廳跳個迪士可也蠻不錯。

導遊還會帶你去看看陳家祠──八景中的「古祠流芳」，實際上這是廣東民間工藝博物館，是愛好古物人士的好去處。位於中山七路的陳家祠，又稱陳家書院，原是廣東省72個縣的陳姓族人合資建造的祠堂和書院，建成於清朝光緒年間，當時是供陳氏族人到省城參加科舉考試學習和住宿的地方。這是個規模宏大的古建築群，佔地一萬五千平方米，佈局分為三路、三進、九堂、兩廂，穿插六院八廊，共計十九座建築物。廳堂軒昂，畫棟雕梁，庭院幽雅，古色古香。有各式各樣精美無比的木雕、磚彫、石雕、陶塑、彩畫、銅鐵鑄造的工藝品。許多藝術品賦予豐富的歷史內涵，如梁山聚義、竹林七賢、牛郎織女、三顧茅廬、赤壁之戰、王母祝壽、尉遲恭爭帥印、曹操大宴銅雀台等。還有表達吉祥的五福獻壽、三羊開泰、丹鳳朝陽等，還有表現地方色彩的舊時羊城八景，如漁歌唱晚等，以及各種花果鳥獸蟲魚。至於詩詞歌賦書畫的陳列更不計其數。這是一個吸取古人藝術精華的名副其實的「書院」。

如果你熱愛大自然，最好到山上走走。「雲山疊翠」和「越秀新暉」是指白雲山和越秀山風景區。白雲山在廣州市北

部，素有「羊城」第一峰之稱，常有朵朵白繞山間。山中樹木繁茂，鮮花吐艷，清泉和小瀑布沁人心脾。「白雲松濤」、「蒲澗濂泉」、「菊湖雲影」都是山上景觀的寫照。賓館、餐廳、遊樂設施樣樣齊備，立足山頂公園，你可以俯視廣州全景。這是鬧市身邊的桃花源。

越秀山坐落在市中心北鄰，是白雲山的餘脈。由於近在咫尺，成為廣州市民休閒、運動、娛樂的最佳去處。環山有一個能容三萬觀眾的體育場，足球迷常常聚集在那裏。山頂有一座鎮海樓，俗稱五層樓，紅牆綠瓦，飛簷疊閣，矗立山嶺，樓和塔合一，氣派非凡。目前是廣州博物館所在地，收藏了二千多年來廣州的文物古跡和歷史資料。每層樓都有觀景台，瞭望近在眼前的廣州市容。

越秀山上還立有標誌廣州市的五羊石像：五隻石羊，年齒不一，神態各異，是一件有故事，有寓意的藝術作品。越秀山下，還有著名的中山紀念堂，是一座極富民族特色的宮殿式禮堂建築，有4729個座位，當中卻沒有一根柱子，是我國近代建築史的里程碑傑作。

「黃花浩月」是指黃花崗七十二烈士墓，又稱黃花崗公園。這裡景色優美，是瞻仰辛亥革命忠魂的地方。陵園位於東山區先烈路，跨地13萬平方米，規模宏大，景色優美，氣壯河山。正門花崗岩上刻有孫中山題字：「浩氣長存」。進門後走過二百多米的寬敞墓道，中有水池、拱橋，周圍是蒼松翠柏，綠樹鮮花，從鬧市來到這裏，呼吸清新芬芳氣息，頓覺精神舒爽。從墓道走到盡頭，便是七十二烈士的陵墓，墓中央有一個頂如懸鐘的墓亭，象徵自由的鐘聲。亭內的「黃花崗七十二烈士之碑」，刻著七十二位烈士的名字。亭後還有紀功坊，和革命碑記，敘述三月二十九日廣州起義的歷史和修建陵墓的經過。從東西兩側的螺旋梯級走到坊頂，可以看到由72塊方石疊

成的「獻石堆」，頂端矗立一個高舉火把的自由女神石雕像，令人觸目而生幽思。

　　七十二烈士是指黃興率領的革命黨先鋒隊160多人，於1911年4月27日（農曆辛亥年3月29日）在廣州起義，與清兵激戰一晝夜，因寡不敵眾而失敗，傷亡慘重。後革命黨人收殮到72具起義者的遺骸，埋葬於今日的黃花崗。這是辛亥革命前夜最悲壯的一次反清鬥爭。這次失敗雖然使同盟會失去一批精英，卻引發全國各地的反清起義風起雲湧，前仆後繼，其後不到半年武昌起義成功，推翻了滿清王朝。1912年廣東軍政府撥款在原墓地修建烈士陵墓，孫中山親手栽植青松，以後不斷增建和擴大，成為今日的黃花崗公園。如果帶孩子來到這裏，看風景又學點辛亥革命歷史，豈不樂哉。

　　八景中還有三景：「天河飄絹」是指廣州中信廣場；「五環晨曦」指的是廣東奧林匹克中心；「蓮峰觀海」在番禺蓮花山。筆者認為在參觀完前述五景觀後，如果還有興致，不妨去後三景走走。

　　　　　　　　　　　　　　　　原載《拉斯維加斯時報》

重遊海南

　　飛機降落在海口市的美蘭機場，心潮如同南海波浪翻滾。舊地重遊雖然少了一份新鮮感，卻多了一份回憶與追思。這是一個嶄新的飛機場，寬敞的候機室，光潔的大理石地板，昂貴而高級的餐廳，一切都與世界級的機場無異。

　　二、三十年前，這裏原是一片農田，貧苦的農民在公社的土地辛勤勞作，賺取幾分錢的工分。今日下機的地方，也許是我曾放牛和拾牛糞的荒野，也許是過去領著學生插秧的水田，螞蝗叮住腳腕兒吸血的癢痛感至今忘不了。

　　這世界變化真大，下宿的酒店二十多層樓，有商店、有舞廳、有餐室、有泳池和蒸汽浴。推窗鳥瞰，高樓林立，綠葉婆娑，遠觀碧海藍天，近看椰樹成行。近三十年來，這城市擴大了何止十倍！記得過去只有一座「五層樓」，還是三十年代的產物，直到七十年代才多了一座七層樓的華僑大廈。八十年代的經濟起飛，帶來城市的欣欣向榮，高樓大廈如雨後春筍。走到街上，女人們的彩色裙衣在晚風中飄動，大幅的商業廣告訴說時代的變遷。百貨商場的規模氣派，與世界各城市已相去不遠，而我記憶中的海口是滿街毛語錄、藍制服、標語口號滿天飛，全市只有一家百貨公司，憑著布票購衣服，米票進館子，甚至購餅乾都憑靠那幾張糧食票。

　　往日的同事告訴我，這繁榮也付出高昂代價：貧富懸殊，工人下崗，盜賊叢生，色情泛濫。走在馬路上，常有年輕輕的少女跟隨，柔聲細氣問道：「先生，需要按摩嗎？」這一切，在資本世界混了多年的人自然見怪不怪，也許這也屬於從貧窮步上富裕之路的陣痛代價吧。無論如何，人們都覺得日子總比過去缺吃少穿，七鬥八鬥的年代好多了。

　　我的學生居然當了官，派出小汽車親自當導遊，沿著濱海大道走走看看。這條大道寬闊平直，兩旁各植上三排椰子樹，靠海一邊是沙灘，海水捲起輕盈的波浪拍打沙岸。

　　走不盡的海灘是那樣寧靜，一如不必化妝的少女，以她自然的風貌將人迷醉。這是世上少有的污染極少的自然海灘，不像洛杉磯的海邊躺著密密麻麻的日光浴男女，也不像許多海濱遊覽區佈滿客棧和禮品商販。姍姍來遲的經濟起飛，使人有了前車之鑒。海南島被國家劃作遊覽區，環保特區，限制污染工業發展。期望他們保護自然生態的努力，不致被短視的商業利益打敗。

　　六公里長的假日海灘呈半弧形，佇立海邊沙灘，遠觀椰城樓宇交錯，看南海碧波萬頃。一路走去，有濱海游泳場、沙灘日浴場、海洋餐飲區、海洋音樂圖書館、國際垂釣俱樂部，水上遊樂世界，海上運動場……

　　濱海公園靠近海口市中心地區，稱作「萬綠園」，是市民和遊客就近休閒的好去處。園內椰子樹列陣成行，各色熱帶花木點綴其間，滿眼青翠碧綠，處處鳥語花。佔地八十三公頃的園林一直延伸到海邊。儘管未及溫哥華伊麗莎白公園繁花似錦，我對這個公園卻情有獨鍾，這是一個靠人工填海而成的公園。

　　邁步走近海邊，心中呈現一幅幅難忘畫面：在南渡江口沖積成的淤泥沙灘之中，上萬人的勞動大軍挑燈夜戰，築起堤壩堵住海水，圍住海灘沙泥，再從山坡上運來土方，將圍出的海灘填成陸地……其時正值全國大饑荒，政府決定向大海要田，調動工人、幹部、學生、農民一同上陣，勒緊肚皮，強制勞動，連中小學生也攤派「圍海造田」的任務。

　　「老師，記得那時你帶我們到這裡來填海嗎？」

　　「那日子怎能忘記，當時你是班長，挑土最賣力，滿身全給泥漿糊住……」

真奇怪，艱難的日子往往會變成親切的追憶，做夢也不曾想到，當時圍海未見造出良田，卻造出一個濱海公園的地基。如今在花間樹下嬉戲的孩子與海邊邁步的情侶，怎能想像我這個頭染銀絲的外賓，曾用汗水鋪墊他們的樂園！

　　海口近郊的五公祠，是遊人必訪的名勝，有「海南第一樓」的美稱。朱紅圍牆裡面，紅椽綠瓦，亭台樓閣，荷塘幽徑，一派古色古香。主體建築分上下兩層，樓下陳列著唐衛國公李德裕，宋忠定公李綱，忠簡公趙鼎，莊簡公李光，忠簡公胡銓的魁偉塑像。這五公皆是剛烈的愛國之士，曾位居朝廷相國高官，卻因忠心報國而遭陷害，被貶到當時的窮鄉僻壤海南島。

　　「只知有國，不知有身，任憑千般折磨，益堅其志……」古人留下的楹聯，準確描寫了他們足以為後世師表的品格。

　　然而五公祠中更引人津津樂道的是主樓東側的蘇公祠，建於明朝萬曆年間，經過歷代多次重修。廳堂掛的楹聯「此地能開眼界，何人可配眉山」，在文革中曾遭砸毀，近年才重書復原。元代曾在此地開設過「東坡書院」，橫匾古跡猶存。蘇公祠正廳陳列著蘇東坡石刻平面像一座，以及他手書的詞二首。

　　其中一首《行香子》十分膾炙人口：「清夜無塵，月色如銀。酒斟時須滿十分。浮名浮利，休苦勞神。似隙中駒、石中火、夢中身。雖抱文章，開口誰親？且陶陶樂取天真。幾時歸去，作個閒人，背一張琴、一壺酒、一溪雲。」

　　好一個「隙中駒」，這位足以「雄視百代」的文豪，受盡排擠貶謫，年逾六旬還被貶到瓊州荒島，卻依然陶陶而樂，不為名利去勞神，一生真如駿馬在石縫間奔騰而過。

　　「石中火」雖然短促，發出的光和熱卻不可估量。五公祠景點有一洞酌亭，東坡曾為此亭命名並賦詩作序。亭側有一口浮栗泉井，數百年來泉水源源不斷，清津可口。相傳東坡被貶儋州，途中曾停留借居此地，發現有清泉湧出，當地居民不知

開發，只飲用渾濁的河水，東坡便引導百姓就泉眼開出這口水井。貶居儋州後，他又帶鄉民挖井取水，改變當地飲用塘水的習慣。

蘇東坡在放逐期間，還為民眾開方治病，帶動學「官話」。在多種貢獻中，最大的功績莫過過於傳播中原文化。他在儋州設堂講學，使蠻荒之地「書聲琅琅，弦聲四起」，在他離開後第三年，海南出了第一位舉人，不久又出了進士，都是蘇東坡的學生。其後陸續有13人考中舉人，12人考上進士，一時傳為美談。「石中火「點燃了瓊州蠻荒的文明之火。

「九死南荒吾不恨」，蘇東坡在海南島留下的題詞，表達出在極為艱難的流放困境中，他是何等的達觀，並且對南荒百姓結下不解之情緣。

回想文革當年，身陷恐怖世界，受盡牛鬼遊街污辱，好些親朋同事投水、跳樓、割頸自盡。我獨鎖一房，夜深無眠，思念嬌妻幼子而不可相見，唯以東坡詩句自慰：「人有悲歡離合，月有陰晴圓缺，此事古難全……」藉以化悲觀為達觀，才留得青山在。

海南省首府海口市

二十多個春秋飛逝，重遊度過青春年華的地方，真個是浮想聯翩，一草一木都是那樣親切。如今這裡已經變成另一個世界，開始邁出現代城市的腳步。從海口到三亞的「天涯海角」，日益成為世人嚮往的旅遊勝地。巍巍聳立的五指山，正向世界伸出巨靈之臂，舊地重遊，何止感慨萬千！「故國神遊，多情應笑我，早生華髮。人間如夢，一樽還酹江月」，還是蘇東坡的章句，道出了我的心聲。

原載《世界日報》副刊

五指山下

許多年來，一直希望到五指山看看，一則因為這是海南島最富代表性的第一峰，二則因為「嶺南四大儒」之一的明代才子丘浚，少年時期就寫了一首氣勢磅礴的《題五指山》詩：「五峰如指翠相連，撐起炎荒半壁天。夜盥銀河摘星斗，朝探碧落弄雲煙。雨餘玉筍空中現，月出明珠掌上懸。豈是巨靈伸一臂，遙從海外數中原。」五峰如五指，不僅能撐天，摘星，弄雲，懸月，還伸出巨臂，遙數中原，真個把五指山寫活了，活靈活現得像個巨人昂然挺立。

為參拜這位巨人，我特地來到巨人腳下的「五指山寨」留宿。果然是個山林休閒好去處，八月天進入山寨原始樹林當中，立即感受到濃蔭覆蓋下特有的清新氣息和沁入心扉的涼快，這裡是還沒有受到污染的純淨的大自然。從四處匯合起來的，強烈震動耳膜的蟲鳴蛙叫，聲音之大是過去未曾經驗過的。心想，糟糕，如此大聲熱鬧的蟲蛙合奏，叫人在晚間如何入眠？

山裏的氣候十八變，雨天，晴天，陰天，霧天，艷陽天交替出現。來時細雨濛濛，尚未修築好的進山公路，處處是泥漿坑窪，車輪子在凹泥坑中打轉出不來，我們只好下車減輕重量，幫手推車。一旦這條公路修好後，便能直通高速公路，恐怕那時隨旅遊業帶來的弊端將會破壞今日之寧靜。

「海南五指山寨」是入口處的一個牌坊，上頭是仿五指山五個指頭的造型。「山寨」不過是仿古以美其名，以投今人好復古回歸自然的心態而已，其實裏面的住處都是別墅式的小洋房，疏落有間，也不乏餐廳、燒烤、娛樂等設施。因為都建築在五指山腳之下，到處覆蓋著高大茂密的原始樹林，中有羊腸

小道通上五指山頂，沿小路攀山，可以一嘗熱帶雨林的原始滋味：參天林木，溪澗小瀑，野籐雜草，爛漫山花……在這裡既能體驗大自然的風味，又有現代人的舒適生活設備，可謂兩全其美矣。

從這個「山寨」可以抬頭望見五指山峰的兩個指頭。趁著陽光乍現，我立即拿出照相機，不料雲層來得更快，瞬間遮掩了頂峰。如是者反反覆復，好不容易才拍得一張兩個指頭的峰頂照片。至於五個指頭並列的奇妙山景，需要到瓊中縣的紅毛地區才能看到。傳說「五指」原來是「五子」的化身，黎家五個兒子被惡魔殺害埋葬於此，變成五座高峰，一如山神震怒伸出巨臂張開五指。

夜間，透過薄薄的紗窗，看到明月掛上樹梢頭，五指山峰居然在月色中顯露魁梧的身影，世界變得那樣寧靜、安謐、平和，大自然的空調把氣溫調得溫涼宜人。我忽然想到白天的蟲蛙大合奏，是的，那些唧唧、蟈蟈、呱呱的刺耳聲音那裏去了？為何只剩下極輕微的吱吱聲，難道那些嘰嘰喳喳大叫大嚷的小生靈也都在舒適的環境裏熟睡了？

五指山寨

　　五指山是江南第二大山，比東岳泰山還高出三百餘公尺。從海南島首府海口市，沿著中線高速公路行車約三個多鐘頭，便到五指山市，（過去稱為通什市），為黎族苗族自治州府所在地。附近有多處遊覽和休閒勝地，諸如太平山風景區，大峽谷漂流，熱帶雨林，民族博物館，水滿園度假中心，以及各有特色的賓館、別墅等等。其中最靠近五指山主峰的度假別墅，要數我下榻的「山寨」，其正式銜頭是「海南五指山國際度假寨」。

原載美國《世界日報》副刊

七仙嶺溫泉

　　七仙嶺溫泉區，位於海南島保亭黎族苗族自治縣，離省會海口市約三個多小時車程。

　　這是著名的溫泉地帶，周圍建有好些度假療養賓館。我們下榻在荔園溫泉山莊，那裏雅致的庭院，如茵的草地，別墅式的住房，讓人感到寧靜而舒適。高高的椰子樹下，多種熱帶植物鬥艷爭妍，荔枝，芒果，木瓜樹點綴其間。

　　中間一個鵝蛋形大泳池，灌滿七仙嶺山泉湧出的溫泉水，三三兩兩男女浮游在溫熱的礦泉水之中，舒展四肢，盡情享受大自然的賜予。這方圓約一平方公里地帶，有25個溫泉眼，溫度平為70度，有的高達90餘度。池中的水要用冷熱兩種山泉水配合，才能調成適應人體的水溫。當地人相信這裡的溫泉水含有多種於人體有益的礦物質，可以止痛癢，去風濕，舒筋絡，治療皮膚病。

　　我的住房正對著七仙嶺，小陽臺正是拍照的好景點。山景本無定觀，全憑人的想像：有人說在七仙嶺在薄霧中能看到七位披紗的仙女婀娜多姿；有人說晴天裏可以看到七把利劍指向雲天；我看到的只是山頂上排列不齊的七、八個尖峰，也許當時尚未萌生詩情畫意，缺乏想像力吧。

　　最值得記述的是我入住的別墅，內有一個與臥房相連接的圓形水池，直徑有數公尺，可供五、六人共浴。進去時池中沒有水，要由使用者自己去轉動兩個開關：一個是熱泉水，一個是冷泉水，都來自七仙嶺的礦泉。開始我開得太熱，須放許多冷泉水才能進浴。

　　因為只有內子和我同用一室，浴池一邊對著房間的玻璃門，其餘三面都有爬滿蔓籐枝葉的圍牆封鎖。在這隱私相當嚴

密的環境裏，我和內子禁不住嘗試一下老美式的羅曼蒂克，老夫老妻生平第一次進行鴛鴦天體浴，也真個別有風味，個中情趣可以想像而不可與言。

　　人們告訴我，這是荔園山莊最高級的獨立別墅，一共才有四棟，過去需要省級以上的幹部，才有資格使用。我因此想到，過去中國的等級何等森嚴，口頭講「共產」的人掌了大權，便將公產變相改作少數人的私產，而且明定條令制度，專供上層人物享用，與「為人民服務」的口號相去何止十萬八千里！所幸鄧伯伯搞改革開放，資本的潮流逐步取代共產，雖然也萌生新的特權，然終比毛爺爺那個年代講一套做一套開明多了，不然我輩如何能花百十美金，便得到省級高幹的享受。

　　從住處驅車十數分鐘，來到七仙嶺溫泉國家森林公園，從這裡可以攀登山路去經驗原始森林的風光，造訪山頂的七位「仙女」。我等沒有氣力去攀山，便停留在汽車能爬到的觀景點拍照休憩。這時成群的孩子和婦女跑過來，爭相出售椰子，菠蘿，芒果等。我向一兄一妹的兩個孩子要了兩個椰子，他們瞬間已經將厚厚的外皮剝開，在椰子的小口插上一支吸管送過

七仙嶺溫泉

來，每個還不足四十美分呢。我問孩子為什麼不上學，他倆回答：「正在放暑假」。

八月暑天，一邊吸飲清涼沁心的椰子水，一邊觀看眼前的七仙嶺好風光，深感不虛此行。

原載《星島日報》陽光地帶版

海瑞墓感懷

從海口西行不遠來到秀英濱崖村，走過「粵東正氣」的牌坊，便進入著名的海瑞墓陵園。主墓形同小山崗，由花崗岩砌成，始建於明朝萬曆十七年，墓碑刻有「皇明敕葬……」等字樣。墓道兩旁也是明代石刻的石人、石獅、石羊、石馬、石龜等。陵園內綠草如茵，椰樹、松柏、翠竹交錯，一派莊嚴肅穆氣象。

氣宇軒昂的海瑞塑像吸引八方遊子。其後是綠瓦飛簷，玲瓏古樸的「揚廉軒」，亭柱上有海瑞手書的醒世駭俗對聯：「三生不改冰霜操，萬死常留社稷身」。揚廉軒後面是「清風閣」，展示海瑞的生平事跡和有關的文物古董，其中包括海瑞的手跡石刻等。

海瑞原籍瓊山市府城鎮金牛村，中舉以後當過知縣、州府通判等地方官。他為人剛直不阿，自號為「剛峰」，在做地方官時就已經大刀闊斧除弊興利，平反冤獄，清丈田畝。曾因仗義懲辦權奸，得罪朝廷高官而被降職。

後升任戶部、共部主事，司承、右承等。進入朝廷為官後，海瑞目睹嘉靖皇帝昏庸腐敗，不理朝政，重用奸臣，寵信方士，朝廷朋黨橫行，國家外患不絕，弄得百姓苦不堪言。這位以民為本的「海青天」深感「予之心惻然痛矣」，「予不平之氣憤然生矣」。

於是他決定犯顏直諫，冒死上疏嘉靖皇帝，指稱「天下之人，不直陛下久矣」，指責皇上「君道不正，臣職不明」，「過於苛斷，是陛下情之偏也，陛下之誤多矣」。更驚人的是他公然敢在金殿上，當面引用民間的傳言責備皇帝說：「嘉靖者，言家家皆淨而無財用也」。

海瑞明知如此直諫，當惹死罪，便「市一棺，訣妻子，待罪於朝」，是把生死置之度外了。

嘉靖果然大怒，立即將他打下牢獄，並且問成死罪。然而也為他的直言而感動太息。後經徐階等人保奏，海瑞才得免一死。所幸不久嘉靖病故，穆宗即位後，即下旨讓海瑞官復原職。自此他德高望重，聲震天下，後來被升遷為督察院御史，總督糧儲和軍務，並巡撫應天十府一州。他在任時為官清廉正直，不牟私利，搏擊豪強，斥黜貪官，政績斐然，被百姓譽為「南包公」，「海青天」。

海瑞在七十四歲死於應天府（南京）任上。他一生廉潔，做了十多年高官，死後的家產只有祖傳的「薄田數畝」和「先人弊盧」，剩下的財物是「俸金八兩，葛布一端，舊衣數件」。南京城百姓得知噩耗，罷市七天哀悼，「白衣冠送者夾岸，哭而奠者，百里不絕，家家繪像祭之。」

中國歷史出現這樣一個廉潔奉公，不畏權勢，敢冒死進忠言，講真話的硬骨頭，實在是民族之光，照耀千古！

然而令人難以置信的是，這樣一個歷史忠臣，竟會被用作政治迫害的工具，引出一個時代的災難。

1959年中國從大躍進陷入大饑荒，層層領導依然投上所好謊報大豐收，「偉大導師」看了湘劇「生死牌」後，表示很欣賞海瑞這個角色，號召全國學習海瑞「直言敢諫」的精神。媒體聞風而動宣揚海瑞，這位「海青天」一時變成無產階級學習的英雄榜樣。明史專家吳晗響應號召趕寫文章，發表了「海瑞罵皇帝」，後來又寫出歷史劇「海瑞罷官」在各地演出，鼓吹海瑞精神。

國防部長彭德懷率先學海瑞為民請命。在廬山會議上對五八年大躍進以來的錯誤提出一些批評，接著又呈萬言「意見書」，講了事實真相和經驗教訓。在抗日戰爭，解放戰爭，

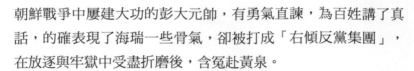

朝鮮戰爭中屢建大功的彭大元帥,有勇氣直諫,為百姓講了真話,的確表現了海瑞一些骨氣,卻被打成「右傾反黨集團」,在放逐與牢獄中受盡折磨後,含冤赴黃泉。

文化大革命的開場,是以批判「海瑞罷官」為序幕。導師出爾反爾,先是提倡學海瑞,後又倒轉槍口批海瑞,授意江青到上海組織班子來批判。姚文元因而奉命寫出「評新編歷史劇《海瑞罷官》」,自此,身為北京副市長和北大教授的吳晗成為眾矢之的,被打成階級敵人,在勞改隊被毆打至口吐鮮血。接著是順籐摸瓜,迅速發展到批判北京市委和中宣部,砲打司令部,連國家主席都被鎖入黑牢,受凌辱至死。全國上下層層揪鬥,武鬥,中華民族陷入空前絕後的血腥與精神浩劫。

海瑞啊海瑞,您的陵墓有靈,目睹數以億計的後代子民遭受這場大災難,卻與您「海青天」的名字掛上了鉤,不知會啼笑皆非,還是義憤滿腔!中國人這段血的歷史教訓,難道不應讓後人永遠記取嗎?

原載《拉斯維加斯時報》

海瑞之墓

天涯海角

——三亞

　　2003年第53屆世界選美大賽，選擇在中國海南島的三亞市舉行，全世界110個國家和地區的美女雲集天涯海角，秀麗山水倍生光艷。在12月6日的開幕式上，各國佳麗穿上中國傳統的大紅旗袍，載歌載舞，風情萬種。這是世界選美大賽有史以來，首次在中國城市舉行。比賽結果由愛爾蘭小姐摘冠，中國小姐關崎榮獲季軍。三亞選美打破了中國過去對選美的狹隘偏見，促使古老中華的美女文化，融入了世界的潮流。

　　世界佳麗對三亞美景讚口不絕。那地方真有那麼可愛嗎？記得三十多年前，筆者曾在三亞呆過一些日子。那時被攤派一個任務，在一個代表海南島的歌舞團搞創作編導之類。住的是高級招待所，遍遊鹿回頭，天涯海角諸勝景，一個民間故事給我留下深深記憶。

　　海南島有座高高的五指山，山下住著年輕的黎族獵手阿黑哥。一天，峒主迫他到山林去打鹿取鹿茸，他上山後遇見一隻花鹿，長得可愛又苗條，幾回舉起箭卻不忍去射殺。後來峒主將他的母親抓起來要挾，阿黑哥只好橫下一條心再上山。這次他卻遇上一頭兇惡的斑豹正在追趕那隻可憐的花鹿，眼看嬌小的花鹿就要落入豹口，阿黑張弓滿弦，一箭便將斑豹射死。花鹿趁機逃竄，阿黑也緊追不捨，追了九天九夜，翻過九十九座山頭，一直追到三亞港灣，小花鹿爬上一座山頭，發現前頭是汪洋大海，再也沒有去路，只好回過身來將憐愛的目光投向英俊的獵手。阿黑已經箭在弦上，突然發覺眼前華光閃耀，花鹿變成亭亭玉立的黎家少女，美麗的姿容震撼他的心弦。他倆一

見鍾情，就在這山頭築起愛巢，繁殖出許多子子孫孫，後人把這個山頭和周圍的地帶稱作「鹿回頭」。

多麼富於詩情畫意的民間故事！數十年闊別歸來，立在風光如畫的山頭，細細觀賞根據這故事而建造的一座塑像：一頭神鹿兩邊，立著美麗的黎家少女和英俊的阿黑哥，我依然為黎族追求美麗夢幻的故事而感動。

鹿回頭是三亞主要景點之一，山頂公園林木豐茂，曲徑通幽。裏面有彗星觀測站，聽潮亭，情人島，觀海閣，猴山，鹿舍，黎家寨等觀賞點。高級的別墅、賓館、酒家掩映在花木樹叢深處。站在山頭，舉目望見碧波萬頃的南海，回頭眺望臥在半月形海灣裏的三亞市區和榆林港口，那裏交錯著注入大海的河道，高樓林立，綠樹婆娑，展現一派熱帶新興城市的風貌。

離三亞市區二十餘公里的「天涯海角」，更是遊人必到的風景熱點，面對波濤滾滾的大海，腳下是細白松軟白沙灘，最奇特的是在海水與沙灘之上，屹立著一尊尊豎直的大石，疏落有間，高低不一，而且表面光滑。其中最顯眼的是兩座並排而立的巨石，拔地十幾公尺，橫跨六十餘米。石面分別刻著「天涯」，「海角」四個大字，都出自清人的手筆。顯然古人以為這裡已經到了海天的盡頭。

民間把這並列的兩座大石，編織成一個動人的故事：一對情人為追求婚姻自由逃離家庭，奔到天涯海角再也沒有去路，便相親相擁化作一對情侶石座，每天清晨迎來朝霞艷陽，傍晚送走落日餘暉，無論是大海波濤，風雷雨電，都動搖不了他們堅貞的愛情！

就近還有一圓錐形石座，刻有「南天一柱」四個剛勁大字，亦為清人所提，突顯海南寶島地理位置的重要。天涯海角是中國的南大門，守衛南海的擎天柱！1980年人民幣貳圓券背面，就使用了這個景觀，其意不凡。

最叫我倒胃的是在「天涯」石下方，刻有郭沫若手書的一首詩：「海角尚非尖，天涯更有天。波清灣面濶，沙白磊頭圓。勞力同群眾，雄心藐大千。南天一柱立，相與共盤旋」。對於郭的前期詩文，我有過崇敬，然而對他後期觀顏察色，阿諛奉承的人格，以及寫不完的馬屁口號詩實在不敢恭維，此詩刻在這裡實在大煞風景，故和以打油詩一首：「腦袋削得尖，官場更有天。波濁隨波流，侍主八面圓。謳歌逢迎切，御用文人臉。惜哉此名流，醜態處處演」。

　　自古謂「天涯無處不奇觀」，三亞市四周遊覽勝地星羅棋佈，除上述鹿回頭，天涯海角外，還有南田溫泉、海山奇觀、亞龍灣、大東海、古崖州城、落筆洞等等。

　　三亞市以西40公里處，有一個古崖州城，曾是歷代的州郡府所在地，也是朝庭大臣，騷客名士從京城被放逐的最遙遠地方。這裡離中原十萬八千里，又隔著瓊州海峽，被古人看作比兩廣更甚的蠻荒瘴地。唐宋以來，一直是流放重量級政治犯的地域。這些「犯人」多半是學識淵博，憂國憂民，剛毅直言的人物，當朝的寵貴奸臣將他們看作眼中釘，肉中刺。歷代被流放到此的相國大臣不下十多位。他們的出現，也給「蠻荒」帶來了文化、知識、農技、水利、寺廟乃至商機，使邊遠的崖城變成「幽人處士家」，一度被文人描摹為「弦頌聲黎民物庶，宦遊都道小蘇杭」。

　　流放到此的重量級人物中，宋代宰相趙鼎是一個感人至深的例子。他因為力主抗金，受賣國賊秦檜陷害，罷官後又被貶到最荒遠的崖州。秦檜仍不死心，對凡關照過他的人都無情打擊，將他置於孤立無援的絕境。然而，趙鼎矢志不渝，上書宋高宗表丹心道：「白首何歸，悵餘生之無幾；丹心未（泯），摯九死而不移」。大義凜然的精神叫秦檜膽寒，便施暗計企圖謀害他的家族。趙鼎為避免「禍及一族矢」，以及抗議秦檜的

賣國行徑，遂以絕食自盡來表白心志，臨終自書墓誌銘，有擲地有聲的兩句：「身騎箕尾歸天上，氣作山河壯本朝」，何等感天動地泣鬼神的豪氣！他死後葬於昌江，第二年得旨歸葬浙江石門，至今留有衣冠墓在海南省的昌江縣。時人作哭忠簡公詩道：「一堆黃土寄瓊島，千古高明屹太山」。趙鼎死後十年，被主戰的宋孝宗追封為豐國公，後人稱他忠簡公，在海口市的「五公祠」立有他昂然而立，氣概軒昂的紀念塑像。

　　遊三亞市除看名勝古跡外，品味海鮮也是一大樂趣。「鯊魚翅、海參、鮑魚」被稱瓊州三珍，沿海盛產龍蝦、紅魚、鯧魚、魷魚、馬鮫魚、海蛇和各式各樣貝類。

　　在三亞受到內子二姐的盛情款待，領我們到海鮮食街的海鮮酒家大飽口福。酒家進門處排開二十來個魚池、蟹坑、蝦舍、貝欄，都用清水養得活活的。二姐叫我們去點，心想，由外行人來點豈不笑話，便推卻了。於是由二姐夫點了十幾道大小海鮮：貝殼類有鮮鮑等顏色形狀不一的數碟，魚類有青斑、潯龍等數尾、還有膏蟹、花蟹、海蛇、明蝦等等。

　　再也顧不上什麼「三高」的威脅，我們大口去啖海鮮，茅臺酒香沁心肺，五糧液燒熱心腸，吃到開心處，便大談起陳年往事。二姐和姐夫都是老共產黨，一個曾在五指山打遊擊，一個是南下大軍，分別在政府軍隊當過官，文革中雙雙都被鬥得死去活來。談到生活的大變化，都覺得十分奇怪，同樣是這些人，同樣是這塊土地，何故在毛爺爺時代，長年累月缺吃少穿，個個皮黃骨瘦。鄧伯伯給大家一些耕田做買賣的自由，幾年工夫就叫國人生活大改觀，個中緣由還是留待政治家去琢磨唄，在如此豐盛的海鮮席面前，我們還是痛痛快快來乾杯吧！

　　如果沒有熟人帶你去吃海鮮，我勸您得當心點兒。前時在網路看過自遊人撰寫的一篇文章，題目是：「三亞被宰記」，茲摘錄一段供參考：「來到三亞當然要吃海鮮了，因為之前聽

說過酒店會宰客，所以我們去了一家司機介紹的較大海鮮酒家（什麼名我忘了），點了一盤蝦，一條清蒸魚，一碟青菜，一個湯，一盤炒響螺，味道很一般，買單前我還同男友猜買單多少錢，我們猜如果在深圳也就400左右，等到小姐拿單一看傻了眼，1098，蝦，魚價格都跟深圳差不多，就那盤響螺就要690！我們頓時明白被宰了。」

願你在天涯海角吃喝玩樂不至被「宰」。

此次攜同內子到天涯海角遊山玩水，訪名勝，會親人，感觸良多，不覺詩興又發，湊成小詩幾句：

「碧水青山遊三亞，淲臨海角抵天涯。二姐設宴海鮮城，把酒臨風話親家。人世變幻真無常，苦盡甘來是造化。撫今追昔空悵惘，不若灑酒逐浪花。」

原載《星島日報》陽光地帶版

三亞一瞥

三亞海灘

卷三　人物剪影

美國太空科學家潘天佑博士

　　潘天佑博士是美國資深太空航行科學家，在美國太空署
（NASA）加州理工學院噴氣推進研究所（JPL）任職35年，
擔任深太空通訊系統和任務經理，參與太空飛船探測火星、木
星、土星及太陽邊緣等多項重任。他多次代表美國太空署，與
歐洲太空署、德國太空署、法國太空署等合作，部署聯合探測
太空任務。他還是國際標準電腦軟件組織的美國主席。由於他
的卓越貢獻，多次榮獲美國太空署獎狀或獎金，及歐洲太空署
和德國太空署獎狀，被列入權威的奎斯美國名人錄、世界名人
錄、科學家及工程師名人錄等。

火星探險

　　近十多年間，美國太空署多次成功發射了火星探測飛船，
在這個由JPL主持的驚動世界的壯舉中，數以千計的科技人員共
同協作，長年累月辛勤勞作，創造了人類奇蹟。
　　太空署的核心工程之一，是深太空的通訊系統中心，被稱
為太空工程的「神經中樞」，任務包括操縱、導航、遙控、資
訊搜集、電訊路線處理，數據分析處理等。作為這個深太空通
訊系統和任務經理的潘天佑博士，領導著這個不能有絲毫誤差，
其觀察點分佈於世界三大洲的龐大通訊系統，長年保障遙控通
訊的精確與實效。「失之毫釐，謬以千里」正是這項工作高難度

的寫照。為了百分之百的精確,潘天佑和他的團隊,嘔心瀝血熬過多少不眠之夜,絞盡多少腦汁!共同的努力結出了豐果。2001年10月,奧德賽火星探險號(MARS ODYSSEY)成功地進入火星軌道,潘博士接受了太空署新聞部主持人及其他記者的訪問。2002年,因為潘博士對奧德賽號及火星測量號(MARS GLOBAL SURVEYOR)有傑出的貢獻,獲太空署頒發獎狀和獎金,特別表揚他卓越的領導才幹。2004年,美國的火星探測車「勇氣號」(SPIRIT)和「機遇號」(OPPORTUNITY)先後登陸火星,成為《今日美國》、《華盛頓郵報》MSNBC首頁,BBC WORLD NEWS等的頭條新聞,潘博士受到眾多記者的訪問,世界各國中英文媒體廣泛報道。潘博士又獲得美國太空署NASA獎賞。

飛往更深遠的太空

除了探測火星外,潘博士還參與了美國太空署花費32億7千萬美元,歷時18年的龐大太空工程,這就是發射探測土星的「凱西尼—哈金森」號(CASSINI-HUYGENS)。這個飛船要飛行7年,才抵達土星軌道,然後發射一個小飛行器進入土星外圍的最大衛星——泰坦(Titan)的氣層,下降泰坦表面探測,而太空船母體則環繞土星繼續運行多年,進行觀測發回科學訊息,潘博士當時是這項工程華裔科學家中的最高層次領導,常常廢寢忘食,夜以繼日地工作。成功的消息傳來,潘博士又獲獎賞,他和夫人在甘迺迪太空中心受到到貴賓款待,接受了中英文媒體的訪問和廣泛報道。

潘天佑博士還參加了美國太空飛船「旅行者」一號及二號(VOYAGER 1 AND 2)的通訊任務,「旅行者」太空船在深太空飛了31年,已抵達太陽系的邊緣,創下了世界太空船飛最遠

及最長久的記錄。該飛船在途中成功地探測了木星、土星，海王星及天王星，特別探索了離開太陽最遙遠的太空新領域，為國際太空科學研究寫下新篇章。美國太空署主持「旅行者」一號和二號的領導人，特別頒獎給潘博士，祝賀他對旅行者一號和二號的卓越功績。

國際太空合作的貢獻

2009年初，德國太空署特別頒獎給著名的美國太空華裔科學家潘天佑博士，表揚潘博士多年來對美國及德國太空合作事業的貢獻。美國的三星上將又親自頒獎給潘博士，多謝他多年來對於美國太空署（NASA）加州理工學院噴射推進研究所（JET PROPULSION LABORATORY）的重大貢獻。美國太空署有許多項目，是與英、法、德、澳等國家合作進行的，潘博士在深太空通訊事業及系統工程享有崇高國際聲譽，他曾多次代表美國太空署與歐洲太空署（由18個歐洲國家組成），德國太空署及法國太空署組織合作，並多次去英國、法國、德國、義大利，西班牙，澳洲，荷蘭，芬蘭，捷克，巴西等國家，代表美國太空署出席國際會議。潘天佑常年參加國際標准電腦軟件組織的會議，研討有關世界性軟件標准問題。同時，他還要去觀察在歐洲和澳洲的龐大深太空通訊部署，因而他因公務出國頻繁，幾乎每年都不辭勞累越洋飛行。潘天佑說：「太空的開發成功，需要優秀團隊努力，分工合作，相互支持。」

潘天佑畢業於香港大學，在美國南加州大學獲電機工程博士學位，並修完了物理博士，及斯坦福大學高級項目管理課程。2009年香港大學邀請他回校，接受母校頒發的科學技術傑出校友獎，潘天佑祖籍廣東恩平，父親潘澤光，是中國早期飛行員，後任南京空軍總司令部參謀，在抗日戰爭中有過一年立

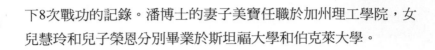

下8次戰功的記錄。潘博士的妻子美寶任職於加州理工學院，女兒慧玲和兒子榮恩分別畢業於斯坦福大學和伯克萊大學。

（綜合各報刊資料）

潘天佑博士

訪「黑貓」隊長楊世駒

也許因為家父曾經是中國早期空軍的緣故，我對駕駛過軍機的前輩朋友一向懷有感情和敬意。拉斯維加斯的華人圈子不算大，在中華基督徒禮拜堂有緣結識了楊世駒夫婦，彼此一見如故，他邀請我和內子到他家作客。

他的住宅不算大，卻很舒適別緻，U2高空偵察機的模型、照片，楊先生英姿勃勃整裝待發的照片，各式各樣的軍用飛機、民航飛機照片，還有他與蔣公父子的合照，與空軍同仁──包括死難者與倖存者──在一起的的照片……這一切都使人覺得他的家是一個小小的空軍展覽室。

「嘗嘗這土產，是剛從台灣帶回來的。」楊太太端出幾碟乾果，楊先生也已經泡好了「功夫茶」，親自斟在精雅的小茶杯裡。他們月前去台灣探望兒媳回來不久。楊太座滿臉堆笑，認識她以來，就只見過她和藹可親的笑容，雖然年逾六旬，面貌依然清秀，內子說，她年輕時一定是個美女。這話果然不假，當楊先生拿出青年時代的照片時，我們果真見到了俊男與倩女的完美匹配。

然而這佳偶卻來之不易。楊太太的父親是空軍老前輩，楊先生看中了上司這位千金小姐，彼此情投意合，無奈那時軍中規定，要滿二十八歲才可以結婚，楊先生便苦苦等待了十多年……到成親以後，楊先生又接受了駕駛U2的這個極為機密的差使，遠離了家庭和親朋去作「穿竹幕」的探險，完全不知情的楊太太便在地上苦苦等待……直到夫婿一次次越過死亡的幽谷，完成第十次的「穿幕」任務，才在慶功會上得知真情，不覺抖出一身冷汗。經歷過濃霧封鎖巨浪沖擊的愛，使他們成為令人仰慕的比翼鴛鴦。

　　楊世駒曾任空軍卅五中隊——即著名的「黑貓」中隊隊長九年之久，也是任期最長的一位隊長。首任隊長盧錫良任此職一年後便將這重任交接給他。按當時規定，只有駕駛U2完成第十次「穿幕」任務，才具備升任隊長的資格。「我只是一個幸運者」，楊先生不無感慨地說。「首批從美國受訓回來執勤的五位U2駕駛員，有兩位已經殉職。其中陳懷生遇難的那次飛行任務，可以說是頂替了我而出事。前一天，我奉命出勤，由桃園飛往昆明，再飛向南寧、桂林、南昌、西安、上海，任務是沿線偵察拍照軍事部署。不想飛到桂林附近，儀表顯示油路系統出了毛病，被桃園指揮塔召回。第二天由陳懷生中校繼續完成我未竟的任務，沒料到他就這樣一去不復回……」楊先生語帶感傷地回顧數十年前的往事。

　　U2是冷戰時代的產物，美國情報機關曾使用這種戰略偵察機，飛到七萬公尺高空，穿越當時的「鐵幕」蘇聯，拍攝高感光度的照片，蒐集軍事情報。六十年代初，中蘇分道揚鑣，中國大陸加緊發展自己的核武器。美國極欲探測大陸的核基地和軍事部署，便利用台灣與大陸還處於內戰狀態，極秘密地與台灣合作，特別訓練台灣飛行員駕駛U2高空偵察機，飛越「竹幕」刺探軍情。

　　楊先生指著照片上的「黑貓」偵察機說：U2飛機的機翼特別長，比戰鬥機更難駕馭，安全飛行速度的範圍很窄，超速會導致機身承受不起壓力而解體，速度不夠又會引起失速下墜的危險，而且「黑貓」在七萬英尺高空容易熄火，必需下降到三萬五千英尺才能重新點燃發動機，這時便容易遭受米格機的攔截和防空炮火圍攻。更何況當時中國大陸已部署了俄製先進航空雷達和精密的地對空飛彈，一直在虎視眈眈地跟蹤追擊我們。

　　「黑貓」中隊剛組成，就傳來美國U2飛機在蘇聯上空被擊落，美國飛行員被俘虜的惡耗，似乎預示了「黑貓」的慘烈前

景。從1959年到1974年的十五年間，「黑貓」隊員二十七人，共「穿幕」飛行二百二十多次，折損十二架U2飛機，殉職犧牲了九位飛行員，另有二人為淪為俘虜。

楊先生出示了許多照片，我特別欣賞那站在U2偵察機前的一張——頭帶盔甲，身穿密封而笨重的「壓力衣」，看去就像宇航員一般。

「一穿上這套東西，就覺得頭昏腦脹，十幾個小時長程飛行，時時和死神在作伴，一個人要看儀表操縱飛行，又要看二百萬分之一的航行圖尋找目標，還要及時閃避雷達和飛彈，執勤回來，體重立即減去五、六磅，汗水也出了半臉盆。」楊先生回憶說。

他第一次「穿幕」任務，是飛往青海省格爾木地區偵察一處核子原料加工廠。當時這些設施大都設在湖泊或江河旁，以便在生產過程用水冷卻核子反應的熱量。U2上帶有高敏感度的偵測器，可以在七萬尺高空感應測定廠房外河水的溫度，再與當地政府發布的地面河水溫度相對照，美國中央情報局技術人員就可以從河水的溫差，推估核子反應的能量。由於「黑貓」中隊出生入死探得情報，使西方得以瞭解中國發展核子武器的進程，美國國務院在中國首次進行核試驗前十七天，已經作出公開的預報。楊先生在空軍服務二十多年，其後又在華航駕駛波音747客機越洋飛行二十餘年，如今已過古稀之年，依然精神飽滿，走路時腰杆直挺。雖說他作過多年職業軍人，為人卻和藹可親，臉上時時掛著微笑。

「過去你提著腦袋闖竹幕，如今竹幕已打開，您可曾進去走走？」我打趣問。

「我已經回大陸旅行五次，還打算去第六次呢。」

「有何觀感？」

「過去兩軍相爭，各為其主，說到底還是兄弟之爭，一家

人嘛。如今大陸的變化也實在大,我不僅遊山玩水,也訪親交結朋友。」他告訴我,一次在西安的宴會上,有人提到他過去駕U2闖大陸的事,在座的「領導」當即說,那已經是過去的事,如今都是一家人了。

楊世駒先生最令我崇敬之處,是他幫助落難戰友所展示出的人性光輝。六十年代被大陸擊落俘虜的兩位「黑貓」駕駛員葉常棣和張立義,都曾是他的部下。二人被俘後判勞改十年,嘗盡人間苦頭。葉在獄中企圖自殺未遂,多服了三年刑期。到七十年代中,二人先後獲釋,並獲中國公民身份。葉被分派到武漢大學任教英語,張到南京某航空工程研究所當工程師。

1983年,葉、常二人被召到北京,並發給前往香港的通行証,告知他們可以自由回台灣與家人團聚。此消息選擇在中美「八一七聯合公報」發表一週後宣佈,並希望台灣當局「提供便利條件」。

誰料好事多磨,台灣政府早已報核葉常棣和張立義「為國成仁」,家屬得到了撫恤安養,加上政治上的原因,便以無法接受中共統戰伎倆為理由,拒絕給他們簽證回台灣。張立義十六歲的兒子為父寫信向空軍總部陳情,也得不到回音。

葉、張在香港求助無門,眼看簽證快要到期,生活又無著落,他們實在不願再返回大陸生活,正在進退維谷的時候,楊世駒先生聞知此事,立即從台灣趕赴香港與他們見面。當年的的「黑貓」隊長與隊員相擁而慨嘆,深感人間世態之炎涼。楊返台後即為葉、張多方奔走,依然沒有結果,不禁嘆息說:「當日為國出生入死,沒想到政府這樣沒有人情味!」

楊世駒沒有氣餒,他當時是華航的波音747駕駛員,便趁著飛到美國的時候,找到中情局U2計劃的主持人柯林漢,對方爽快地答應幫忙。數天以後,楊世駒陪同葉、張與美國駐香港總領事館官員會晤,美方承諾協助安排他們赴美定居,只希望台

灣方面發給他們護照好辦理出境，然而就連這個要求也未獲應許，最後乃由中情局安排，乘泛美客機以非正常的手續飛抵洛杉磯。下機時，過去美方的戰友，已穿著「黑貓中隊」夾克在機場迎接他們。葉常棣和張立義後來都順利取得綠卡，中情局發給二十二萬美元的補償金照應他們的生活。

談完這段往事，楊先生連連慨嘆世事的茫然，楊太太又給我們泡上熱茶，忙著催我嘗試台灣的土產小吃。

「有這樣賢慧的妻子與你白頭諧老，又有三位出色的兒女，加上漂亮的小洋房，這豈不是耶和華對你的眷顧。」我很有感觸地說。

楊先生不說話，只是點頭微笑著，頭上稀疏的銀絲，閃出耀眼的光。

原載《台灣時報》

楊世駒先生

展翼藍天

　　朱偉廉（William Chu），在美國空軍服務了二十個年頭，退役以後又駕駛民航客機，展翼遨遊於藍天。

　　朱偉廉和他的美國妻子Cher，還有兩個兒子，住在拉斯維加斯西北部的住宅區。拜訪朱偉廉那天，正是他駕駛聯合航空公司的波音747-400客機，從香港飛到芝加哥，然後轉機回家的第二天。經過十七個小時的飛行後，甜睡了一個夜晚，他顯得精神飽滿，言談爽朗。他告訴我：最近常飛曼谷、香港、台灣和東南亞的國家，這次飛到他少年時期生活過的香港，逗留了兩天，「既是出勤，也是度假」。長程飛行雖然辛苦，但一周多半有三天回家休息。他對於飛行員的生活感到很愜意，唯一覺得遺憾的是妻子害怕坐飛機，未能使用航空公司提供給家眷的免費機票帶妻子去環遊世界。

北極飛行員

　　朱偉廉念中學時，就對駕駛空軍飛機產生濃厚興趣，在佛拉斯魯（Fresno）加州大學攻讀產業管理專業的第三、四年，他參加了空軍預備役的訓練。1971年大學畢業，同時獲得空軍少尉軍階。接著，他奉命到越南戰場服役一年，擔任軍機維修工作。其後受訓成為空軍飛行員，服務於空軍第1402MAS，在肯塔基空軍基地駕駛軍機型波音707s以及C-12F等。1986年調往阿拉斯加，服務於某空軍大隊。

　　在阿拉斯加北極地帶服務的七年，對這位華裔空軍飛行員是巨大的挑戰。那裏氣候變化無常，終年冰封雪飄，地形異常複雜。他在一個空軍基地當飛行員，後來任教官，訓練C-12F軍機

的駕駛員。這是一種專為飛行於北極地帶而設計的小型飛機，能乘坐八人，任務是運送軍事人員、政界官員或軍用物資來往於阿拉斯加北極地區。朱偉廉駕駛此種飛機，多次運送軍政要員往返於北極地區執行任務，當時的三軍聯合司令官和一些來往於華盛頓與阿拉斯加的國會議員，都曾是他運載的乘客。

美國空軍出版的雜誌《飛行員》，在一篇題為「北極的飛行員」的專題報導中寫道：以C-130Hercules和C-12FKingAir為裝備的軍事空運，要求飛行員飛到阿拉斯加州四十多個孤立的據點，而著陸的跑道不僅短小而且布滿石礫，氣候反覆無常，地形險惡……該文在談及一個最為棘手的遠程雷達站的空運補給時，特別采訪了當時的上尉教官朱偉廉，「那跑道坐落在一個如同湯碗一樣的山谷裡面」，朱偉廉對記者說道，「我們飛過山嶺，迅速下降到達滑行跑道——一旦飛入『湯碗』，我們就一定得降落，沒有迴旋的餘地，因為筆直的峭崖就豎立在跑道的另一端。」就是在這樣一個環境裡，朱偉廉經受了嚴峻的考驗，成為北極最優秀的飛行員之一。

他在軍中的另一個重要任務，是負責最新型號C-12F的首次試航。這是一項難度大，危險性高的工作，需要勇敢、沉毅和高超的飛行技術，更需要臨危不懼、善於應變和犧牲精神。朱偉廉陸續擔負試航工作達七年之久，多次處變不驚，化險為夷：一個引擎停止工作，他沉著鎮定地使用單引擎安全返航；折斷的天線纏住部分尾翼，他機智應變，以靈巧的雙手操縱住航向，使飛機得以安全著陸；一次試飛歸航時，有一個輪胎無法伸出，不得不使用最危險的一招，以飛機的單個輪胎著地，憑著高超的飛行技術，使飛機如同走鋼絲一樣平衡地著陸，安全地滑行到終點，最後只有翼尖受到輕微擦損。

1985年，作為C-12F教練，空軍1402運輸中隊的上尉飛行員及計策長官，朱偉廉被授予肯塔基上校的榮譽銜頭，這實在

出乎他意料之外。「當司令員通知我的時候,我還以為是個笑話呢」,他當時對軍報的采訪記者這樣說。這個榮譽銜頭,是用來表彰有卓越貢獻人士的,明星Bing Crosby,太空人John Glenn,前總統Lyndon Johnson,前英國首相Winston Churchill等著名人物,都曾經被授予肯塔基上校這個榮譽稱號。

為鄧小平座機當領航員

在美國空軍中,能操中英兩種語言,而又具有豐富飛行經驗的駕駛員極為罕見,朱偉廉的經歷和能說雙語的本領,使他成了溝通中美航行的最佳人選。作為美國空軍軍官,首次飛翔在紅色中國領空,不是為軍事目的,而是作和平交往的橋梁,這個歷史性任務恰巧落到朱偉廉的肩上。

1974年,朱偉廉接受了一個任務,飛赴當時還相當神秘的紅色首都北京,為鄧小平飛美的中國座機充當領航員,帶領他們在紐約著陸。當時鄧小平率領中國代表團出席聯合國大會第六屆特別會議,並在此次大會中闡述了「三個世界」的理論。在飛機上他雖然見到鄧副總理等中共要員,按規定卻不能與他們接觸談話。其實他除領航入境外,對於政治上的事情也毫無興趣。

1976年,服役在某空軍基地的朱偉廉,忽然接到命令,被「借用」到國務院和國家航空局,脫下軍裝,以民航駕駛員的身分,充當中國大陸飛機飛入美國降落的導航員。隨著中國大陸的改革開放,中美之間的空中交往日益發展,朱偉廉義不容辭地擔當起溝通中美航線的歷史任務。從1979年到1984年,每年多次被國務院「借用」,飛到北京,然後作為美國的導航員,與中國機組的成員在一起,駕駛中國的波音707s,波音747s,蘇製伊柳新62s(Ylyushin62s)等飛到美國著陸。他耐心

地教會中國飛行員有關在美國領空飛行的各種知識，必要的航空術語，操縱台指令，各種應變措施等等。

「我在美中航線來往飛行了四十多次」，朱偉廉說。在那些日子裡，他和中國飛行員相處融洽，建立了友誼。「由於外表膚色完全相同，有時中國機組人員甚至忘記我是美國飛行員，而把我當作同一機組的成員」，朱偉廉回憶道。

移民的兒子

人生的際遇有時是很奇妙的，當朱偉廉作為美國駕駛員，飛翔在紅色中國大地，身負帶領當時的副總理鄧小平飛赴美國的重任時，忽然會想起孩提時期生活在中國的一些片斷。父親於1949年隻身去了香港，後來才設法將家人接過去。1951年，父親托一位有香港居民身分的親戚回大陸時，將三、四歲大的朱偉廉認作「養子」，帶他過關到香港。還記得在箱子一樣擠得密密麻麻的火車上，他哭喊著不讓前來送行的母親離去，「養母」便用糖果哄他，透過車窗玻璃，他含淚望著母親的背影逐漸遠去……以後父親在香港想盡辦法，經過五年的努力，才逐一將哥哥、姐姐、最後還有母親接到了香港。

六年以後，他們全家移民到了美國。十三歲的朱偉廉進了加州一個小城市Stockton的一所初中念書。如同其他新移民一樣，小朱碰到語言上的大難關，然而他靠著「一手拿課本，一手拿字典」的方法克服了困難。「當我能說出一個完整的英文句子讓別人聽明白時，我是何等的快樂！」他如此形容當時的心情。在中學的幾年裡，這位「小移民」一直保持著3.5以上的平均學分。

其後他進入Fresno加州大學，第三、四年級時接受了空軍預備役訓練。在領取大學畢業文憑的同時，他獲得美國空軍的委任，實現了他駕駛飛機遨遊藍天的夢想。

（原載《世界周刊》）

值得驕傲的華裔女性

——紀念拉斯維加斯大學校董鄺鄧慈姬女士

　　鄺鄧慈姬女士離我們而去了，然而作為「傑出內華達公民」的名字和事蹟永遠留在人們心中。本月26日有400多人參加了追悼會，大部分是主流社會人士，其中包括拉斯維加斯市長，內華達拉斯維加斯大學的現任校長和前任校長，國會議員等。拉斯維加斯評論報《ReviewJournal》對她的貢獻做了簡要的概括：「一位長期倡導提高教育質量，首位被選舉為校董的亞裔」，「自1974年到1984年服務於內華達高等教育領導機構，從自家捐款到發動籌款以支持大學的各種項目，包括優秀的藝術、中文學習、地質學以至商業科目。」

　　一位華裔女性去世，引起主流社會如此重視和懷念，在內華達歷史上是第一次。

　　鄺鄧女士的英文名字叫莉莉方（Lilly Fong），出生於1925年，逝世於2002年，享年77歲。在拉斯維加斯大學的校園裡，有一座巨大的建築物——地球科學的教學與研究基地，其正面的牆壁標出「Lilly Fong Building」的字樣。這是校園裡唯一以華裔名字命名的建築物，以此表彰鄺鄧女士對這所大學曾經作出的貢獻。

　　內華達大學系統董事會是一個有關大學教育的決策機構，董事經由地區選舉產生，當時華人在拉斯維加斯的人口比例不到百分之一，鄺鄧女士能受主流社會擁護、信任，二度蟬聯當選為校董，創造了內華達州亞裔競選公職成功的首例，值得華人感到驕傲。

　　1978年競選聯任時，拉斯維加斯主流社會的報紙《The

Valley Times》發表題為「莉莉方——獨立校董值得被選聯任」的文章，對她的貢獻作了充分肯定。文章說，1974年該報沒有支持莉莉方的競選，然而經過四年來對她履行校董職責的細心觀察，得出的結論是：「她具有勝任此職的才能」。文章指出：「莉莉方在開校董會前總是做好充分準備，對於大學的一千四百萬複雜的預算幾乎能一行一行地瞭解，因而能在會上，提出尖銳問題，深入挖掘答案，並且有勇氣說『不』」。《Las Vegas Sun》——一份廣受歡迎的主流報紙，公開為莉莉方競選背書，指出：「數年來校董莉莉方在內華達大學系統的服務，給公眾的裨益是不可量估的，莉莉方強有力而不顯眼的領導才能，與校董會一道，首次使內華達州的教育更上一層樓」。

1998年，鄺鄧慈姬與夫婿鄺宗舜被褒獎為「傑出的內華達公民」，這是校董會給予在文化、經濟、科技、社會領域具有特殊貢獻的最高獎賞。

有什麼事足以讓拉斯維加斯主流社會對鄧鄺女士如此稱許樂道？

如果說，慷慨解囊，捐獻25萬元（請注意是三十多年前的幣值）給拉斯維加斯大學及社區大學，是她和夫婿鄺宗舜的一份不算小的禮物，那麼，鄺鄧慈姬在擔任校董職務的十年間，以開闊前瞻的視野，兢兢業業的工作，不辭勞苦的集資，大大推動了內華達教育事業的發展，更是她的主要功勞所在。

人們都知道，拉斯維加斯過去的舞臺都為賭場生意服務，幾乎清一色是輕歌曼舞，魔術，鬧笑表演或裸體舞之類。鄺鄧慈姬卻有一個理想，希望有更高層次的傳統的歌舞劇在本地表演，她一步一腳印地將理想化作行動，為了在拉斯維加斯最高學府內建築一座藝術表演中心（Performing Art Center）和電影院，她多方奔走，發動籌款，動員Judy Bayley和Artemus Ham, Jr.等人捐出數百萬的獻金，配合政府的投資要求，終於在

七十年代先後建成了「Judy Bayley Theatre」和「Artemus Ham Concert Hall」，讓古典和當代的藝術之花盛開於沙漠瘠土，內華達人能享受到更豐盛的文化生活。

鑒於內華達的工業發展比較薄弱，鄺鄧慈姬認為拉斯維加斯也應當培養本地的工程技術人才，以促進地方工業的發展。當時拉斯維加斯大學雖然有適應賭場需要的酒店管理系，卻沒有培養工程師的專業。於是她大聲疾呼，多方奔走籌款，動員主要捐款人Tom Beam捐獻出3百萬，建築了「Beam Hall」作為基地，推動拉斯維加斯大學建立起工程系和其後的電腦科學系，讓內華達青年一代接受更好的科技教育，從而促進內華達州經濟向多元化的方向發展。

鄺鄧慈姬出生在美國，並且在美國受教育長大，對中文所知不多，可貴的是她沒有忘記自己是炎黃子孫，大力推動在拉斯維加斯大學開設中文課程。為了籌集經費，她帶頭捐款建立基金會，將自己作為校董每月所得的酬勞，全部捐贈給這個基金會。多年來她一直精心關懷扶植這株幼苗成長，從聘請師資到課堂授課都親自過問。如今，拉斯維加斯大學的中文課程，已經從單獨的漢語語言課，發展到函蓋中國文學，中國文化的正規課程，聘請了有博士學位的教授任課。她還動員著名的中國畫家，獻出六幅有中國藝術傳統色彩的巨畫，裝飾新建大劇院的門面，讓美國人能鑒賞中國的藝術。

鄺鄧女士對內華達大學系統的貢獻是多方面的，諸如建立獎學金基金會，持續性每年捐款獎勵學習成績優秀或運動競賽拔尖的學生，並且專門給華裔學生或留學生設置助學金。倡導建立優秀教授的獎勵制度。在大學圖書館新建的初期，她將資產豐厚的鄺氏企業兩天的營業收入捐獻出來，建立了圖書館的基金會，並且持續每年捐款給圖書館購置新書。近些年來她和夫婿又捐款擴建大學校的電腦中心，鄺宗舜名列主要讚助人之榜。

　　將中國人傳統的勤勞節儉的美德帶進美國校園，是鄧女士的一大貢獻。她不是高高在上，開會才出現的那種校董，而是「上班族」式校董，她不怕勞累，認真辦事，任勞任怨的工作精神，給同事極深的印象。與她共事的一位校董June Whitley曾在KVBC電視台介紹說：鄺鄧女士是一位「精力旺盛的獨立思考者」，「一年工作356天，常常一天工作10到12小時，她不是光來開會的校董」，「她有勇氣帶頭反對不合理的事，堅持反對將運動場地出賣，以後再租借回來使用的提案，為內華達納稅人節省了一億元」。她領頭反對另一個大手大腳去花費的提案——要將學生宿舍拆毀用以改建辦公室和教室，她力主修補舊宿舍，另劈場地建築新教室，為納稅人節省了500萬元。

　　1992年2月19日，鄺氏夫婦讚助的一所小學開學，當時的內華達州務卿和克拉郡教育局長等四百來賓參加了慶祝典禮。這所小學以鄺宗舜、鄺鄧慈姬為名，（Wingand Lilly Fong Elementary School），表彰這對華裔夫婦對教育事業的貢獻。

　　為什麼鄺鄧慈姬如此全心全力投身於發展教育事業？在她的自傳式的文章《我的根》中有一段敘述：「父親常常提醒我們教育的重要性，他反覆以孔夫子『有教無類』的話鼓勵我們。他常對我們說：如果我給你們錢財，很快會花掉，我給你們良好的教育，你們可以終身受用」。父母經營餐館和雜貨店，日夜辛勤勞作，支持10個孩子讀到大學畢業，日後成了律師、工程師、教師、商業經理等。

　　鄺鄧慈姬在阿利桑那州念完中小學，接著在州立大學取得教育學士學位，其後到拉斯維加斯當了三年教師。她是內華達州的首位亞裔教師，也是競選公職成功的首位亞裔。更難能可貴的是她在任校董期間繼續學習，取得了碩士學位。她以本身的經歷顯示了教育的重要性。

鄺鄧女士已經走完她值得驕傲的生命旅程，她以回饋和奉獻社會為美國華裔作出了榜樣，她將永遠活在內華達人心裏。

原載《世界周刊》

我認識的高爾泰

第一次見到高爾泰，是在拉斯維加斯大學的一次文學聚會上。臺上坐著兩位來講演的貴賓——高爾泰和北島。

北島正值年富，朗誦了詩歌，我半懂不懂。引我注目的是高爾泰先生，他頭發全白，並且留得長長的，紮成一束甩在腦後，臉上刻下歲月的深痕，講話剛勁，然太重的方言口音卻叫我聽不清。

他是大學邀請來的住校作家，便要了地址電話，後來多次拜訪他家，深受他學識淵博，路途崎嶇，待人誠懇感染。他家簡樸清靜，夫人小雨為我們溝通語言的障礙。

其時我正寫完一本遊記的初稿，便拿給高爾泰先生過目一下。幾天之後，他交還我的稿子上，寫上許多有關敦煌的修補文字，告訴我，他曾在敦煌莫高窟呆過十年，研究和臨摹那裏的壁畫，因此給我補充一些資料，問我是否介意。我一看，字字珠璣，正是求之不得，何來介意？

他被公認為當代中國五位美學家中最年青的一位，其中朱光潛、宗白華、蔡儀三位已經作古，只剩下李澤厚與他。趙士衡博士在《中國當代美學研究概述》中寫道：「他們是當代中國美學大廈的主要建築師。他們的主要觀點，建構了當代中國美學的基本理論框架」，高爾泰曾是國內數所知名大學最受歡迎的教授之一，1986年國家科委授予他「有突出貢獻的國家級專家」頭銜。

接觸中，我深感他學養豐厚，才華橫溢，見解深刻，卻行事低調。不論看他的著作，聽他談吐，一如進入知識寶庫。

然而他的才華和獨立見解，卻使他無辜地被捲入歷次政治狂潮。二十一歲寫出《論美》，不過是論證美是主觀的感受，

「客觀的美並不存在」，並推而廣之去談論藝術創作的問題，獨樹美學流派的一家主張，卻受到有組織的大圍剿，被打成右派批鬥，發配夾邊溝勞改多年。

那個年代的文化人，大都以「打落水狗」為樂，求得自身過關或升遷。卻也有一些不怕鬼不畏神的當權智者，在「文武之道，一張一弛」那短短的「弛」的間隙，敢於唯才是用。高爾泰勞教期滿之後，「敦煌文物研究所」所長常書鴻先生，很欣賞他的學識和繪畫才能，克服重重障礙，甘冒政治風險，錄用他在敦煌工作。高爾泰得以做了十年臨摹壁畫和文史研究工作。誰知好景不常，文化革命一到，他立即被打成牛鬼蛇神，豈止他，連常書鴻所長，李承仙書記也都一併打翻在地，拳腳交加，眼腫唇青，一同關入牛欄勞改，後下放五七幹校勞動。

七十年代末，政治氣氛較為寬鬆，高爾泰被平反起用，1978年年底調至中國社會科學院哲學所當研究人員，後到蘭州大學，南京大學等任教。

著名學者和當過上海市委宣傳部長的王元化，很看重高爾泰的才學，在文化思想較活躍的八十年代初，邀高爾泰參加由他創辦和主編的《新啟蒙》編輯工作，意在辦一個以知識分子為對象，以理論研究為主軸的學術性刊物，不媚時阿世，不屈從權力。編委還有王若水、邵燕祥、金觀濤、於光遠、於浩成、李洪林、戈揚、阮銘等二十余人。王元化交給高爾泰一批稿子，讓他負責編第二、三期，由王若水接編第四、五期。沒想到出版到第四期就被叫停，「左派」給《新啟蒙》戴上「全國反動思想總根源」的大帽子，後來被打倒的北京市長陳希同更指控它「煽動暴亂」。「更沒有想到的是，在同仁們都沒有事的情況下，我會被抓進監獄，關押和審訊了138天」（見《王元化先生》）。出獄後，他接受了友人的勸告和幫助，偷渡出香港，最後在美國定居。

他成為代罪羔羊擔十字架，卻對同仁們沒有半點怨氣，後來回憶王元化先生時寫道：「先生治古代文論，學貫中西，其文其書，土厚水深，作為那個方面的權威專家，他同時也有一份公民的責任感……先生對我的教益……不止學問，也包括做人。」

高爾泰行事獨立，愛憎分明，出國後他獲得了自由，寫作、繪畫成就斐然。他以深邃的眼光，透視周邊社會人和事，洞穿人性的美和醜，在《代跋：余生偶記》中寫道：「現在流落異國，撲面微塵。世路之崎嶇，人心之詭秘，不異當時。而仍能有幾個真誠的朋友，和一個溫暖的家。並且仍能寫作，我感激命運。」

高爾泰不愛交際，深居簡出，來美后寫了《尋找家園》一書，2007年，北京當代漢語研究所，授予高爾泰當代漢語貢獻獎，「以表彰他為我們、和我們的後人奉獻出《尋找家園》這樣具有黃金品質的文字，更感念他以一生的苦難代價為我們中國稀罕的漢語家族貢獻了新的精神人格。」

他雖不愛交際，關心他的朋友很多，不時有人來看望他。來了朋友，他和夫人都熱情接待。我和我的太太，都很珍視他們的友誼。

原載《拉斯維加斯時報》

醫生作家尹浩鏐

世界華文作家協會第六屆會員代表大會於今年三月在澳門舉行。代表中有一位醫生作家來自拉斯維加斯，他著作的小說《情牽半生》在台灣發表後連刷五版，在金石堂暢銷書排行榜連續三周名列前茅。以傳統而非怪誕的模式寫出的小說，在當今以獵奇取勝的世道能如此暢銷實屬罕見。這位醫生兼作家就是拉斯維加斯作家協會現任會長尹浩鏐。

逆旅行舟迎風浪

尹浩鏐十三歲喪父，母親為養活七個孩子，不得已將作為老大的他送往外婆家撫養。不幸外婆後來又去世，他不得不從小便學會獨立生活。由於他聰敏好學，十七歲那年，以優異的成績考進廣州中山醫學院。初時政治氣氛還比較寬鬆，他如魚得水，奮發求學，不但專業成績讓師長刮目相看，還在課餘研讀詩詞歌賦，舞文弄墨，寫些風花雪月的詩文去發表。

1956年毛澤東號召「百家爭鳴，百家齊放」，提倡「言者無罪，聞者足戒」，號召各界人士幫助黨整風。當時光明日報社長儲安平批評共產黨控制一切是「黨天下」，隨後大批知識分子和社會精英被「引蛇出洞」，打成右派。尹浩鏐那時只是一介書生，出於正義感，對儲安平受圍攻感到不平，便寫了一封信去表示安慰和支持。誰料這封信後來被轉回醫學院，尹浩鏐也因這一紙同情信被畫為右派分子。

他自知命運走到了絕境，已準備好和其他右派一起去農村勞動改造。幸而當時學院的黨委書記劉志明鑒於他學習成績特優，特意對他網開一面，讓他戴著右派帽子留校察看，邊學習

邊改造。雖是不幸中的大幸,然而行走在師生當中便處處抬不起頭,同學們都當他患麻風病似的處處迴避,使他深感人間之冷酷。

沒有人來往,他便天天藏身在圖書館,沒日沒夜的汲取知識、鑽研業務,數年間讀遍了外文圖書館裏的大半參考書,不僅精通了英語,還學會了俄語,能借助字典閱讀日語、德語醫學文獻。一次俄國專家來訪問,尹浩鏐被邀做翻譯,準確的口譯受到好評。

醫學院畢業前,他已與人合作完成了一篇綜合性的醫學論文,發表在當時醫學界頗有權威的《中華內科雜誌》上。「夫天地者萬物之逆旅」,尹浩鏐常以李白的詩句激勵自己逆困境而前行。

學而不倦攀高峰

在中山醫學院畢業後,尹浩鏐被分配到寧夏回族自治區石嘴山市醫院當醫生,那是在賀蘭山下,茫茫大戈壁中的最艱苦去處,嚴寒酷暑並沒有嚇退這位江南來的書生,然而艱辛的日子卻損害了他的健康,使他患了尿血疾病。後來經批准回廣州治療。

病好以後他決定不再返回寧夏,而是與女朋友一起偷渡去香港尋找出路。在香港沒有執照不能行醫,又經朋友幫助去台灣投考台大醫學院。他是從中國大陸去台灣考入台大醫學院的第一人,由於他已經學過醫,便要求讀插班。談何容易,他必須經過每個年級逐科考試,共通過了三十幾門考科,終於以優異成績令教授們深感奇特和滿意,得以插班進入台大醫學院六年級,這不僅顯示了他過人的勤奮和天資,也要歸功於戴右派帽子那些年月,苦啃了大量英文原版的醫學專著。

台大醫學院畢業後，被派往岡山空軍醫院當了外科少尉醫官，一年後結束當兵生活，回到台大醫院作內科住院醫生。

　　尹浩鏐永遠胸懷更上一層樓的雄心，他考取了美國醫生甄別試，取得了去美國、加拿大兩國做實習醫生的資格。不久他進入加拿大都侯斯大學醫學院（Dalhousie University Medical School）附屬醫院作實習醫生。次年，他轉入著名的蒙特利爾麥基大學皇家維多利亞醫院（Mc Gill University Medical School）做核子醫學（Nuclear Medicine）住院醫生。

　　那時的核子醫學尚處於萌芽階段，他買了世界上第一本《核子醫學教科書》深入鑽研，使用了北美最早的醫用加瑪攝像機之一，與導師、物理學博士及技術人員共同探索、開闢這個嶄新的醫學領域，由他負責給病人做診斷，跟蹤研究了百餘病例，他寫了一篇《示蹤原子檢查腎臟移植排斥反應》的學術報告，與一位病理教授合作發表於早期的《核子醫學雜誌》上。他以一年時間完成了四年的學習任務，提早參加在波士頓舉行的美國第一屆核子醫學專科資格考試，獲得了美國核子醫學專家的文憑。

　　後來他對放射科醫學發生了興趣，又轉入放射科當住院醫生，跟從世界胸腔疾病權威佛裏瑞教授（Dr. Robert G Fraser）苦讀三年，又取得了美、加放射科專家的文憑，並獲選為加拿大皇家內科學院院士。鑒於他在學習上的優異成績，結業後恩師為他在美國康州一個醫學院附屬醫院找到放射科醫生兼核子醫學主任的職位。

　　為了更上一層樓，尹浩鏐先後兩次進入哈佛醫學院（Harvard Medical School）進修深造。深厚的學養使他得以歷年勝任美國康州聖法蘭西斯醫院核子醫學主任，伊利諾聖若瑟醫院放射科及核子醫學主任，保羅曼醫學中心核子醫學主任，並兼任美國伊利諾大學醫學院臨床副教授，廣州中山醫科大學客座教授

等，並於1993年被選入世界醫學名人錄為名譽會員，前中山醫科大學校長彭文偉寫道：「尹浩鏐是我最喜歡的學生……我喜歡他並不是因為他絕頂聰明，也不是因為他有超人的成就，而是他的為人。他是一個心靈純潔，性情高尚的人。他一生顛沛流離，這正好磨練出他那愈苦愈拼，愈困愈勇的超人意志。他從不訴苦，卻能從苦中奮鬥出真樂。」

筆耕不輟成績斐然

尹浩鏐從小喜歡文學，青年時代就寫過詩歌小說發表。當醫生以後他依然不忘閱讀文學作品，不僅對中國的詩詞歌賦能琅琅上口，對莎士比亞、歌德、拜倫、普希金的詩歌也能隨意背誦。退休後他搬到拉斯維加斯居住，與作家協會及報社有了來往，便激起寫作的念頭。

他用十個月埋頭創作，完成了近二十萬字的小說《情牽半生》，由瀛舟出版社在台港和北美同時發行，一舉成為台灣金石堂排行榜的暢銷書。

《情牽半生》寫了三段刻骨銘心的愛情故事，分別以大陸、港臺、北美為時空背景，生動地描繪了一個知識青年在不同的社會環境中的掙扎、奮鬥、進取、成功。一個「情」字牽引全局，如癡如醉的感情世界叫讀者如墮情海，他所刻畫的不同社會制度的各式各樣人物，深刻地揭示了人性的美和醜。一個被打成右派的青年學生，通過艱苦曲折的奮鬥歷程，終成一個卓有成就的醫生，這故事本身，不僅是作者的生活的縮影，更是青年人求進取的精神榜樣。

尹浩鏐說，他寫作的目的，一是要給人以精神鼓舞，二是要使人變得更健康。為此他筆耕不輟，在數年時間，又一口氣寫出了《醫生手札》、《西洋詩歌精選》、《人活百歲不

希奇》、《回復青春不是夢》等十多種。目前他正與世界心臟專科權威專家劉柱柏教授合作，撰寫一本有關保護心臟健康的書：《與你談心》。

學術交流貢獻多

尹浩鏐一刻也沒有忘記自己的鄉土和民族，他努力將自己的醫學知識和經驗回饋給自己出生的國家和民族。

八十年代初，他回母校中山醫科大學講課，校長彭文偉接見時親自將「右派平反」證書交給他，說：「你受委屈了。」他說：「那是時代的產物，不是委屈。」後來他獲聘為中山醫科大學客座教授，幾乎每年都回母校講課，傳授美國最新的醫療知識。

他還多方活動，協助中山醫科大學和南伊利州大學結為姊妹學校，每年輪流在中國廣州或美國春田舉辦學術交流會議。彭文偉前校長回憶道：「記得頭一次他在南伊大作一個題目為《核醫心臟學》的專題演講，沒有講稿一口氣講了四十五分鐘，語言流暢，內容翔實，令人讚嘆不已！」

尹浩鏐夫婦（後排）與金庸（前排）

　　對於從兩岸三地來訪的恩師學友，他不遺餘力的接待，出資出力，擔當向導，被他接待過的專家學者不下百人，包括著名的如世界傳染病學權威彭文偉、外科泰斗鄺公道、消化道權威陳國楨、心臟科權威劉柱柏等。

　　他的另一項貢獻是在美國購買書籍資料寄送回國，幫助國內專家取得最新的醫學資料。

　　尹浩鏐博士在逆旅行舟征途上取得多方面的傲人成就，他給人的印象是和諧近人，尊師重道，熱情洋溢，樂於助人，永遠追求美好的人生。

原載《拉斯維加斯時報》

詩人教授劉庶凝

劉庶凝教授（Steve Liu）在內華達州立大學及社區大學擔任英文系教授長達28年之久，2000年榮獲內華達州各大學校董會聯合頒發的「傑出教授」獎。他曾任北美拉斯維加斯華人作家協會副會長。

「個子短小才氣大，耿直厚道敢笑罵。真知灼見凝詩篇，寄情山水走天下」，這我對他的寫照。每次與他在一起，我愛聽他縱談天下，喜笑怒罵，無論是對文壇曲直的評論，對獨裁統治的抨擊，都那樣淋漓盡致，有時帶點偏激。一個「古稀」長者，有這種「童心」實在難能可貴，也許這就是人們常說的「詩人氣質」罷。

他用英文寫的詩篇二百餘首，刊登於美國、英國、澳大利亞、加拿大的多種刊物。其中一些出色的詩篇，被選入美國大學的十多種教科書。集結出版的詩集「我父親的武功」（My Father's Martial Art），「還鄉夢」（Dream Journeys to China），是美國詩壇的明珠。

他的創作多次獲得國家和地區的文藝獎：1982年獲全美文藝創作獎（National Endowment for the Art），1983年獲全美短篇小說獎（Pen Syndicated Fiction Project），1985年獲內華達州長文學獎（Nevada's Governor's Award for Literature），1993年被遴選入內華達名作家堂，2000年獲內華達州大學聯合校董推薦的文藝創作獎。

他的詩作情感真摯，形象鮮明，言近而意遠，文字樸實、凝練，在當前華而不實，文字猜謎，造作隱澀的詩風大行其道的時候，讀他的詩篇，猶如悶熱暑天遇到一股清流，沁人心肺。特舉詩二首的中文翻譯以饗讀者：

其一《記住我的話》「記住我的話／假如我有一天倒下／不必為我掉淚／也不要把我埋葬／祇要把我送給海洋／但海洋還不是我的歸宿／讓那白馬奔騰般的波濤／把我載回到那個遙遠的岸上／／久別的故國啊／你的丘陵是枕／大地是床／在那繁星如錦的夜空下／海水為我把一支安眠曲低唱／我就像嬰兒似的沉浸在夢鄉／我就像嬰兒似的沉浸在夢鄉」

其二《夜航》「爵士樂狂的拉斯維加斯之夜啊！／駕著煙雲的風患了失眠症／把我的烏蓬船，不知怎的／吹過了長江上許多草木茂盛的峽谷／／十月裡山上一條小徑變黃了／在橘樹林的那邊／她的茅屋在陽光裡閃耀／她正在屋裡做些什麼？／是在扇面上繡花，還是／在回憶那麻雀啁啾、綠浪如綢的田野／在那裏，蜻蜓正在雙雙飛舞？／但誰還記得那浮雲下的諾言／那個多麼久遠的諾言？／／我在半明半暗的叢林中浮沉／恍惚在海上迎風前進／風吹翻了我的烏蓬船／把我從她的屋門前吹走／卻原來是爵士樂狂的拉斯維加斯之夜。」

劉庶凝教授於1948年畢業於南京金陵大學國文專修科，1958年在美國德州大學（University of Texas）獲英文碩士學位，1973年在美國北特科達大學（University of North Dakota）獲英文博士學位。曾任教於北蒙他那大學（Northern Montana College），聖瑪蒂歐學院（San Mateo College, CA），內華達州拉斯維加斯大學（UNLV），內華達州社區大學（CCSN）。為了培育中國的英語人才，他幾次舉家回大陸，任客座教授於成都師範學院，西南師範學院、北京師範學院，海南大學等。

作為學者教授，他治學嚴謹，教學認真，對學生要求很嚴格，深受學生尊敬。他教授的課程豐富多樣，包括莎士比亞戲劇，十四行詩，詩學入門，戲劇入門，大一英語，英國文學，世界文學，包括介紹孔孟及詩經譯作等。

問到教學的感受，劉教授風趣而自嘲地說：「三十多年教英美詩歌入門，頗有『對牛彈琴』之感，多數學生是為了一紙文憑而學，對文學及寫作有興趣者寥寥無幾。若不以故事笑話吸引，有人即呼呼大睡」。劉教授常常結合自己豐富的人生經歷，包括他少時參加青年軍在緬甸打日本時代的艱辛，來美國求學在餐館打工時鬧的笑話、在實驗室管理小動物的滑稽鬧劇等，聯係實際生活將乾巴巴的文字講活，深入淺出揭示出文學的廣博思想含義，使學生理解到人性的共通點，聽課津津有味。

　　他喜歡講一些大作家在逆境中奮鬥獲得成就的故事去鼓勵學生的進取心。如海明威的刻苦創作生涯，傑克倫敦在大學曾因為與教授辯論頂嘴而被開除，約翰·斯丹白克讀了六年大學卻不能畢業，後來他們都依靠自己持續的努力而成為一代文學大師等等。然後他會問學生：「與他們相比，你們這點小困難算得了什麼？」

　　由於他教課時時得到學生的好評，幾乎每隔一兩年，學校都會授予他獎狀或獎牌。

　　對於中國的留學生，他和妻子游小玲常給予特別的關懷，不僅幫助他們解決課業難題，還為立志來美國求學的中國學生提供學校的資料，給他們寫介紹信，幫助大陸來的教授獲得工作。

　　千禧年5月11日，內華達州大學校董會聯合舉行隆重的頒獎大會，州長、市長和一些州議員也出席，劉庶凝榮獲「傑出教授」獎，當場頒發給他獎狀和獎金5000元，以表彰他對教育和文學創作的貢獻，他的照片被登在大學校刊的封面。

　　劉教授生平愛好旅行，寒暑假常常飽覽世界各地的名山大川。他也是一個出色的攝影家，專長於拍攝動物和風景，家裏掛滿青山、綠水、紅葉、老虎、大象、飛鷹、乃至昆蟲的巨幅照片。有一次，他在華人作家藝術家協會的晚間聚會時，放

出從美國到中國，從阿拉斯加州到非洲的大量幻燈片，劉太太在旁作詳盡解說，使在場者驚嘆之餘大飽眼福。劉太太告訴大家，她丈夫為了捕捉一個動物的生動鏡頭，常常會立足一處等候數小時之久，難怪拍到如此逼真、自然的照片。

他曾到過美國、中國、泰國許多深山野林旅行拍照，也到過北極和南非洲。尤其是非洲滿山遍野都是飛禽走獸，讓他拍到許多動物的自然生態。他滿有感觸地說：「我平生最愛動物，尤其是當今世風日下，人心不古，相形之下，倒覺得大自然中的野生動物更純潔可愛。」

原載《世界周刊》

律師作家陶龍生

拉斯維加斯雖以賭城聞名於世，卻也是個臥虎藏龍的地方。許多卓有成就的人士選擇來此退休，著名的華府大律師兼著名法庭小說作家陶龍生博士就是其中一個皎皎者。

陶龍生博士是生於中國，來自台灣第一代華裔移民中，資歷最深，在美國律師界聲譽卓著的執業律師，曾任美國司法部律師訓練所主任，美國高科技公司法律主管等職務。

陶龍生的父親是中國近代知名學者陶希聖（曾替蔣介石起草「中國之命運」和「蘇俄在中國」等書）。深厚的家學淵源造就了他畢生勤奮好學。畢業於台灣大學後，他即赴美深造，在哈佛大學法學院畢業後，又在康乃爾大學獲法學及哲學兩博士學位，其後曾任台大、輔仁、東吳、政大及紐約州立大學法學教授，並曾在哈佛大學、康乃爾大學擔任高級研究員。

陶龍生在華府當律師超過20年，他所任職並成為合夥人的美國鉅型律師事務所，是享譽國際的著名大型律師事務所，旗下擁有800多名律師，業務範圍主要是為國內外高科技公司在各級聯邦法院從事訴訟工作，以及在美國國際貿易委員會（ITC）和美國商務部提供防禦辯護，同時協助美國大公司在亞洲的業務，為美國公司提供法律諮詢，諸如「時代華納」、「花旗銀行」和「米高梅電影公司」等大型賭場娛樂公司都是他們的客戶。

陶龍生自身也曾接辦過美國多件大案子，例如曾協助美國私營電力公司在中國江南地區購併數家發電廠；辦理各大型博弈公司（Wynn Bellagio MGM Harrah's等）在亞洲擴展業務；在聯邦法院從事保護專利的訴訟；以及替高科技公司上市（例如Garmin公司等）。他曾在美國高等法院和台灣最高法院勝訴官司並建立判例。

　　更可貴的是陶龍生在實行法律服務的同時，將自己的學識和實踐經驗，升華到理論的層次，他常在美國、英國、德國和台灣發表論文，著有英、德文等法律學術著作數十種，包括哈佛大學、喬治城大學、賓州大學、康乃爾大學和台灣的中央研究院等，均曾出版或刊載他的著作。美國最高法院於三十年前已於判例（Gregg V.Georgia）中援引過他的著作，至今華人尚無其二。他曾贏得「十大傑出美國青年」、「傑出亞裔美國人五十強」、「千禧名人」和最佳文藝著作等多項大獎。

　　陶龍生另一項成就，是將自己多年從事法律訴訟的切身體會，轉化為通俗而有趣的法庭小說系列，至今已出版了《轉捩點》、《證據》、《沉冤》、《合理的懷疑》、《拉斯維加斯的春天》、《判決》等六部中文法庭小說，在亞洲和和美國華人社會一舉成為洛陽紙貴的暢銷書，並獲優秀文學獎。

　　陶龍生法庭小說的特色，在於以多年真正的法庭訴訟經歷為根基，從發生於美國社會的重大案件獲得靈感，加以藝術的再創造，構思成極為生動有趣，引人入勝的小說故事：既立足於當代社會現實，又有曲折動人的情節，人物形像栩栩如生，活動環境逼真具體，讓讀者如臨其境，如見其人，感受特別真實而親切，有別於一般推理小說的天馬行空，迷思幻想。

　　除了成功的藝術構思，我還十分欣賞陶龍生小說的表現手法：語言明快自然，簡練通俗，毫不矯揉造作；情節步步深入，抽絲剝繭地將美國法庭從搜證、攻防、舉證到在陪審團前辯論等等一系列法庭流程，乃至各級法律機構的運作，一一呈現讀者面前，深受讀者的歡迎，獲得華語文藝界的好評。

　　作者的律師特色和認真治學的精神，也注入了虛構的小說當中。對於故事所經歷的法律程式，辯論的法律語言等，重要之處，作者不惜花費功夫，加上注釋，揭示來源，以示真實，這更是一般推理偵探小說無法比擬的。可以說，這不僅是饒有

趣味的法庭小說系列，也是通俗易懂的美國法律啟蒙教科叢書，對移民或不諳美國法律的公民有很大的教益。

陶龍生博士曾經在美國聯邦和地方法院出庭，在陪審團前說理，在臺北地方法院審案，又曾在中國的地方人民法庭辯論：有此經歷者，世間有幾人？以如此深厚的根基寫出的法庭小說，怎會不令人眼界大開。

陶龍先生退休後居住在賭城，熱心參加文學活動，被選為拉斯維加斯作家協會副會長。

原載《拉斯維加斯時報》

陶龍生先生

出色報人張純青

　　第一次認識張純青，是隨同洛杉磯華文作家協會到拉斯維加斯進行文學交流活動。張純青以《金城華報》社長兼總編輯的身份迎接我們。

　　在交談中得知，以博弈娛樂為主的拉斯維加斯，許多年來一直沒有本地出版的華文報紙，直到1996年張純青從鳳凰城遷居到拉斯維加斯，有感於華人社區時勢所需，獨立創辦了《金城華報》，居住在賭城的華人才有了一份能賞心悅目的華文報紙。張純青過去在鳳凰城《亞利桑那華報》當總編輯的經驗，使他擔任《金城華報》社長兼總編輯得心應手。後來《金城華報》改名為《拉斯維加斯時報》。

　　我退休以後搬到拉斯維加斯居住，與張有了進一步交往，才知道他是白手起家，一個人就辦起一份周報。工作坊就在家裡，組稿、編輯、打字、剪貼全部自己包辦。幾年後業務擴大，才請了一位助理編輯。

　　紮根本土的《拉斯維加斯時報》廣受華人讀者歡迎，她以豐富生動的內容，鮮明的地方色彩而享譽沙漠之都，成為本地各階層華人的重要精神食糧。

　　該報除了綜合性地報道美國，大陸，台港、香港和世界各地的重要新聞以外，更注重大量刊登本地主流社會的消息，報導地方趣聞。人們從中不僅能獲得地方政府的決策措施、法律訴訟、公益福利、招工、就業等多方面的資訊，還可以及時讀到關於城市建設、賭業遊樂的最新發展，以及賭場老闆或社會名流的傳奇故事等等。

　　出於對文字的愛好，我很自然成了該報的專欄作家，和吳維安、長弓（張純青筆名）等一起，發表了一系列有關拉斯維

加斯的賭場、歷史、周邊風光，傳奇人物及內幕故事的文章，豐姿多彩引人入勝，對於大多數在賭場、餐館就業，習慣閱讀中文的華人，《拉斯維加斯時報》是他們豐富的資料室，更是一種文化與精神的的享受。

宏揚中國文化是這份報紙的重要特色，用大量篇幅轉載中國文學作品就是一例。即使在美國新聞版，編者也用頭條大標題去報道有關中國的事。例如，「中國新年漸成美國大節日」的特大標題，實令炎黃子孫讀來感到親切自豪。

題材敏銳多樣，標題新穎醒目，文風生動通俗，是該報的特點。對於兩岸三地的消息新聞，編者採取立場公正，報導客觀的態度，為民眾提供翔實准確的新聞資訊，張純青以獨立、客觀立場，親自撰寫時政評論，反映華人心聲，扮演新聞媒體輿論監督角色，受到各界重視。《時報副刊》以文學、歷史、哲學、科學內容，為華人提供高質精神食糧，不論來自港、台、大陸，或其他地區的僑胞和華裔人士，都很愛讀這份報紙。

溝通與主流社會的聯係，爭取族裔平等也是該報的宗旨。參議員亨利・雷在競選連任時，特地到中國城投票，表示要為少數族裔爭取平等權益。當時的《金城華報》打出醒目的通欄大標題：「亞裔有朋友」，對亨利・雷給以高度的讚揚，鼓動華人投票支持他。這次競選亨利僅以459票險勝對手。十多年後亨利成為國會參議院多數黨領袖，為奧巴馬總統的一系列社會改革立下汗馬功勞，當初這份華文報紙的鼎力助戰，未嘗不立一功。

張純青出國前曾在新疆農墾兵團生活多年，作為兵團戰士從事艱苦勞作，後來當過宣傳幹部和教師。1982年移居美國，當過餐館工人、廣告畫師，報社編輯。自1996年到拉斯維加斯，創辦當地第一份華人報刊，渡過了十二個春秋的報人生涯

直到退休。居美期間，他在報刊雜志發表通訊、報導、評論及文學作品200於萬字。

　　張純青也是一位社會活動家，1999年拉斯維加斯華人協會成立，他被選舉為會長，後再全票當選連任。任內積極投身社會公眾服務，舉辦社區大型社區公益活動，獲良好聲譽。2009年退休後，他依然任《拉斯維加斯時報》榮譽社長，拉斯維加斯華人協會榮譽會長，我搬到拉斯維加斯後，深感賭城缺乏華人文學活動，便與張純青商量籌建「拉斯維加斯華文作家協會」，他立即通過時報進行宣傳，發出成立華文作協的文告，很快就徵集到第一批會員，由張純青任首屆會長，我任副會長主持實際工作，目前他是拉斯維加斯華文作家協會榮譽會長，對於各地來訪的作家和文化界人士，他常和其他會員一道陪遊招待，並在報上加以報導。中國作協副主席蔣子龍，著名詩人、前聯合報系主編瘂弦，《世界週刊》副刊主編田新彬，《世界週刊》主編蘇菲玫，《人民文學》副主編王扶等遊覽拉斯維加斯時，都受到他和作協同仁的熱情接待。

　　由於《拉斯維加斯報》辦得比較成功，張純青多次應邀赴北京參加「國際媒體論壇大會」，受到海內傳媒界的肯定。

原載《拉斯維加斯時報》

張純青先生

中國瑪麗

我不知道能否用一支禿筆，將你的形象描摹於萬一。自從那天見到你，你就一直活在我心中，日益顯得鮮明亮麗。

說來很湊巧，來到阿拉斯加的一個小城市，忽然雨下個不停，原本要乘直升機看冰川的航程取消了，只好溜到城裏的博物館去看看。

墙上掛著顯眼的歷史性畫面：美國大兵從俄國兵手中接過阿拉斯加駐防權，星條旗在這北國凍土初次升起；還有一幅展示出一張支票的巨型複印件，面值為720萬美元，這是從沙皇手中購買這大片國土的金額票據，時價約每公頃2美分。

在不算很多的掛圖中，我驚奇地發現了你的照片。一張圓圓的東方人臉孔，含蓄的微微笑意，晚清時代的大褂子，正襟危坐的姿態，突顯出迥異於周圍洋人的風度。你的名字很特別，叫「China Mary」。

萬萬沒有想到，早期開發阿拉斯加時，在出眾而受尊崇的人物當中，竟然有你這樣一位由中國移民來的女性。你是當時在該地區首府Sitka的第一位中國女性，其時的人口統計，中、日移民不過數十人。

人們敬愛你，那時漁民出海歸來，把你主持的小餐館當作溫暖的家和遮風避雨的港灣。你常將醉漢的錢取出多半，待他們花到一文不剩而離開時，再歸還給他們，令他們打心眼裏感激你的愛護。

那時小城的人口才一千多，過半是印第安土人，你常幫助這些沒有醫院的土著人接生助產，贏得極佳口碑。他們的回報是教會你做銀首飾和銀鐲子的手藝。

　　在淘金熱的年代，你，一個溫柔的東方女子，曾幫助夫婿使用炸藥開坑道，親自下礦坑去劇出礦石裝運上車。你的手指頭被砸破見骨，自己包紮好後說：「沒啥大不了」，然後去為礦工烹調佳餚。

　　你出海捕魚，成為當地首位駕駛漁船的女子。你曾獨自駕著十八尺長的無蓬小漁船，在霧中，在大浪中行駛。海獅如此靠近，幾乎將小船掀翻。至少有一次，你在氣候惡劣中獨自出海而獲豐收，令男子漢都覺得臉紅。

　　你還和夫婿開過牛奶場，嘗試開設狐狸養殖場……你長年奮鬥在北極地帶的寒風、暴雪中，到了古稀之年，還當上了政府監獄的護士長。你在平凡卻極富挑戰的開創事業中，充分展現出中國人的勇敢、勤勞和愛心，深受當地主流社會的崇敬。

　　我敬佩你，希望找到你的中國姓名，卻沒有結果。你生長的年代距今已經超過百年，你一反那時中國女人「三步不出閨門」，「雲鬢花顏金步搖」的傳統。命運將你帶到天寒地凍的惡劣環境，你就像松柏一樣在那裏頑強地長成參天大樹。

　　我寫這篇短文，希望更多人知道有一個找不出真名實姓的「中國瑪麗」，曾給炎黃子孫增添光彩。

原載美國《世界周刊》副刊

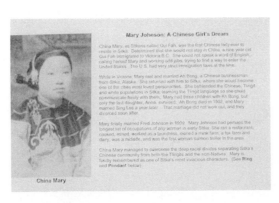

中國瑪麗

賭一把　誰穩贏

——史蒂夫和他的賭場新生兒

住在拉斯維加斯沒有人不知道史蒂夫・韋恩（Steve Wynn）的大名。2005年春開張的賭場大酒店Wynn被中國人翻譯作「穩贏」，真是妙不可言，是賭客贏還是賭場贏？且待牌桌上見分曉吧。喜愛諧音吉利的華人，走進「穩贏」的進口，自然心情舒暢，不似進入「金字塔」那座法老王古墳墓式賭場那樣覺得晦氣。據說使用史蒂夫的姓氏「Wynn」作為酒店名稱，乃是接受了開發商巨子川普的建議，川普常愛冠其名於自己的產業王國中。

生日禮物

選擇4月28日舉行盛大的開幕式，是因為這天是史蒂夫的妻子伊麗娜的生日，史蒂夫要將這座價值27億美元的豪華大酒店，作為慶祝結髮妻子的生日禮物。這種浪漫的情調也浮現在酒店優美溫馨的建築風格當中，鮮花、綠樹、青山、碧水的景觀，使賭場酒店掩映在美不勝收的環境裏面。遺憾後來出現婚變，却也掩蓋不了當時「生日禮物」的情意。

「穩贏」大門的一側，是人造石山，從山上飛下兩股瀑布，潺潺的水聲掩蓋了鬧市中心的喧嘩。步入酒店，迎接你的先是青蔥的花木，樹上吊著彩色的綉球，人們在瀏覽芬芳優美的花園後，再進入賭場。

環繞賭場的外圍走一圈，會看見各式商店、餐廳、酒吧。最引人注目的是一個人工湖，湖中有一幅巨大的水墻，許多店鋪

坐落在湖水邊。如果走進這些鋪子裏面，或坐在酒吧和餐廳裏，不僅可以觀賞湖水，還可以看見一座七層樓高的假山，被鬱鬱蔥蔥的樹林覆蓋著，一條百尺高的瀑布像銀龍似的蜿蜒而下，傾瀉入人工湖當中。夜晚，坐在一個面湖的酒吧裏，把酒觀賞山水夜景的時候，忽然音樂聲大作，水墻頓時變成一個超級大銀幕，美女俊男的浪漫鏡頭，展現在湖水之中。

這座50層樓的賭場大酒店，佔地215畝，內有拉斯維加斯大道上唯一的18洞高爾夫球場，一千多株植根沙漠五十年的大樹，抵擋住內華達的炎炎烈日，富豪們打一場球要花費500多美元。

史蒂夫曾主修英國文學，對於在酒店營造藝文氣氛情有獨鍾。「穩贏」畫室展出畢加索、莫內、梵谷等大師價值連城的藝術珍品；以水為舞臺的夢幻大劇院設計新穎，水陸空三度空間的綜合性特技表演《夢幻湖》，令觀眾如醉如癡。大型會展中心給國內外商展和公司社團聚會提供一流的環境設施。酒店內還有一個名牌汽車Ferrari-Maserati經銷車行，引來好車族排隊觀看。

火車頭

人們公認史蒂夫為現代賭城的發展立下頭功，他的功績在於高瞻遠矚，一步一個腳印，帶動拉斯維加斯從單純的賭博城，變成一個集娛樂、美食、商場于一體的高級旅遊度假勝地。

大手筆建造「穩贏」，是史蒂夫第三次領軍在拉斯維加斯興建最昂貴、最豪華的大酒店。1989年開張的「金殿」（Mirage），耗資6億多，門前是湖水映襯的火山爆發景觀，酒店內有高聳的熱帶林、小橋流水、巨大的魚池。後院建有壯觀的群虎居穴和海豚養殖池，引來貴賓如潮，造成轟動一時的骨牌效應，帶動出 Excalibur、MGM、Treasure Island、Luxor、Stratosphere、Monte Carlo、New York-New York等一系列豪華大

酒店，使拉斯維加斯面目為之一新。

1998年，史蒂夫斥資16億美元建成的「百樂宮」（Bellagio），門前有巨大的人工湖表演水舞秀，酒店內優美的花園散發幽香，遊人冠蓋如雲，使賭城掀起又一波發展熱潮，其後又有Mandalay Bay、Paris、Venetian、Aladdin等一流嶄新大酒店的問世。至此，拉斯維加斯便一往直前地將其往日的對手——大西洋城及雷諾城遠遠拋在背後。

史蒂夫其人

史蒂夫21歲接過父親遺留的小賭館和二十萬元債務，經過四年奮鬥，不但清還了債務，還有了可觀的收益。他開始投資購買其他賭場的股份，成了「金磚」（Golden Nugget）的董事後，他帶領董事會嚴厲韃伐貪污偷竊歪風，控告賭場經理失職，不久他成為總裁，其時才31歲，是拉斯維加斯歷史上最年輕的賭場大老闆。他大刀闊斧改造和美化「金磚」，使之變成老城區最時髦的四星、四鑽石級的酒店。

史蒂夫是一個壯志淩雲，確信夢想能成真的人，「金磚」的成功經驗和豐厚利潤，誘發了他更大的胃口。他認為賭城的前程在於以五星級的豪華大酒店，以最高級的娛樂、飲食、商店去吸引全世界的豪客。他膽色過人，上文提到的《金殿》（Mirage），是拉斯維加斯自建造豪華的「凱撒宮」以來，經過十五年停頓後，首次建成的最豪華酒店。當時有人說，如果一天沒有一百萬元的生意，《金殿》就要賠老本。許多人懷疑高投資，高價碼，迎合上層顧客的路線在賭城是否行得通。然而，《金殿》開張兩年，盈餘已超過兩億，這衝擊波使人們信服了一個新理念：拉斯維加斯向高檔次發展，才是一條康莊大道。

十年以後，史蒂夫建成更豪華的《百樂宮》（Bellagio），

又在賭城掀起新一輪衝擊波。然而，誰也沒有料想到，這波浪卻幾乎將史蒂夫本人掀翻入海底。正當他得意洋洋地說自己在作點石成金的魔術秀時，MGM大老闆科冠瑞（Kerkorian）已經在華爾街收購他們的股票。史蒂夫雖然盡全力抵制，終敵不過財大氣粗的MGM集團。83歲的科寇瑞以近雙倍的股價併購了史蒂夫旗下的百樂宮、金殿、金銀島、金磚等全部賭場酒店。

史蒂夫是否就此一蹶不振，消失於賭城的歷史舞臺？深受震撼的拉斯維加斯人發出問號，史蒂伕本人在淨賺五億入口袋以後，是否就此收山退隱賭業？

勇往直前才是史蒂夫的品性，他馬不停蹄地買下沙漠行宮及其高爾夫球場，經過數年構思、籌劃、集資和施工，終於讓他的新寵兒「穩贏」，以雄健身軀屹立於拉斯維加斯大道。三年以，又在北鄰興建起外表雷同的「安可」賭場大酒店（ENCORE），成為賭城街上獨具特色的並蒂蓮。

不止於此，觸角敏銳的史蒂夫，看准了21世紀在澳門的商機，斥資7億美元興建「穩贏澳門」賭場大酒店，於2006開張營業，將拉斯維加斯豪華高檔的氣派傳遞到澳門。

原載《世界周刊》

科寇瑞傳奇

——「米高梅」老闆的故事

科寇瑞（Kirk Kerkorian）是「米高梅」大酒店的創始人和大股東。千禧之年，他已經年逾83歲，沒有人會預料到，這樣高齡的伏櫪老驥，忽然作出一個震撼賭城的商業出擊，乘著金殿集團（Mirage）股票大幅度下跌的機會，一舉將其併購，把「米高梅」的名稱更改為「米高梅金殿」（MGM Mirage）。

金殿集團原是拉斯維加斯的賭業龍頭，旗下擁有展示火山爆發的「金殿」，有當街表演海盜與官兵炮戰的「金銀島」，有老城的「金磚」，耗資16億美元的「百樂宮」，更是這個集團最新的掌上明珠。其老闆史蒂夫以創新和大手筆建造最高級豪華賭場酒店而馳名，不想正當風華正茂而功名大振之際，畫夜間被一個老翁擊落下馬，足見賭城風雲莫測。

科寇瑞出手大方，以比之股市高出近一倍的價錢併購，成交價碼為64億美元。史蒂夫雖不甘心，卻也因此很賺了一筆，個人淨入超過了5億美元。其後，「米高梅 金殿」又先後併購了New York-New York, Circus Circus, Mandalay Bay, The Luxor, Excalibur等一系列賭場大酒店。

1999年12月，米高梅集團的的雄心鉅制「城市中心」（City Center）新張，這是美國有史以來規模最大的私營建築群，耗資85億美元，包含ARIA等數座豪華大酒店、高級住宅大樓、具創意的Crystals購物商場，大劇院演出太陽劇團創作的Viva ELVIS（貓王）。這個城中之城還有大型會展中心，藝術畫廊以及一應餐飲娛樂設施。至此，米高梅集團無疑已成為賭場街上的霸主。然而由於開張時正值世界性經濟衰退，該集團債臺高築，

傳聞曾一度頻臨破產邊緣，但願他們能度過難關逆風前行。

科寇瑞是個精明的冒險家，不僅曾是「米高梅」大酒店的主要股東，也曾是「米高梅」電影公司、克萊斯勒等汽車公司的主要股東，涉足多行業生意，他不停地玩著投資、創建、收購、出售、再收購的遊戲，耄耋之年仍不罷休。

科寇瑞的父親從亞美尼亞移民來美國後，開了一個小農場，以種西瓜為生，不久卻遇上經濟大蕭條，收入償還不了欠債利息，土地被貸款銀行收回。一家人只好搬到洛杉磯謀生，父親靠賣西瓜糊口，小科寇瑞便在街頭當報童。

他小時候愛打架，初中時因為打了老師的兒子，曾遭到退學處分。離開學校後，他打零工一段時間，後來開始學打拳，在地方比賽得過冠軍，成了一個職業拳手。然而，身體不夠粗壯限制了他在擂臺上的發展，他知道無法實現當拳王的夢想，便改而去學習駕駛飛機，經過勤學苦練，成為一個出色的飛行員。

二次大戰開始，他報名參加英國皇家空軍，數百人報名參加訓練，能通過嚴格考試而畢業的只有3人，他是其中一個。接著他奉命駕駛一種加拿大出產的舊轟炸機，將戰爭物資從加拿大運到英國。由於飛行的時間太長，沿著北極圈外圍飛行的航線，常颮暴風雪，只有四分之一的飛行員能飛抵目的地。

有一次，科寇瑞的飛機飛到蘇格蘭外海時，油箱指針到了零點，死神已經緊緊釘住他，然而，意志超人的科寇瑞決不服輸，他頑強地控制住飛機，滑行到地面時幾乎昏倒過去，雙手卻仍像鋼鐵似地叩住方向盤，人們花了很大氣力才能將他的手掰開。他服役兩年半，飛行了數千小時，運送了33架飛機抵英國。皇家空軍的優厚待遇，讓他積蓄了一筆可觀的錢財。

戰後，他開始時駕駛小飛機載客到拉斯維加斯，後來從事舊飛機的買賣很賺了一筆。極為敏銳的商業頭腦，使他不久便發展到經營航空公司，幾經轉手併購以後，他已將財富增加到

八千五百萬。賺了大錢以後，他便到拉斯維加斯冒險，投資土地賭場的買賣。

1969年，他出手六千萬，建造了「國際大酒店」，那是當時世界最大最豪華的酒店，貓王ELVIS也在此演唱，盛極一時。與此同時，他又通過收購股票成為米高梅電影公司的主要股東。其後，他將「國際大酒店」賣給希爾頓集團，改名為現在的「拉斯維加斯希爾頓」大酒店。

不久，他又雄心勃勃在賭城街中段興建一個有好萊塢特色的賭場酒店，名為「米高梅」，其規模也是當時世界之冠。1973年新酒店開張，由芭芭拉駐唱，轟動一時。正當「米高梅」大酒店財源滾滾之時，不料在1980年11月發生一場大火災，使住房率高達97%的「米高梅」陷入一片火海，奪走了85人的性命，損失數以千萬計。然而科寇瑞沒有灰心，在賠償了7,500萬美元的生命損失以後，他又馬不停蹄地重修火劫後的「米高梅」，使之在8個月後重新開張。

5年以後，科寇瑞已經73歲，依然壯志不減，他決定將原來的「米高梅」出賣，成為現在的「百利」賭場大酒店。在協議上他保留了「米高梅」這個名稱的使用權。1993年，他斥資10億美元，在拉斯維加斯大道南端，興建了嶄新的「米高梅」大酒店，這個酒店佔地115英畝，有5005個客房，至今依然在全世界獨佔鰲頭。

科寇瑞是個沈默而不愛露面的人，即使在他的賭場開張大慶典時，他也愛躲在別人後面看熱鬧而不上臺去講話。他從不讓人采訪，不接受頒獎，做善事也不肯留名。

科寇瑞在商場勇進勇退，敢放敢收，前行不止息，三次建造當時世界第一的豪華大酒店，三度買賣「米高梅」電影公司。他沈默寡言，卻是個談判的硬手。他精明理財，卻好善樂施，給內華達醫院、學校的捐款動則數以百萬計。1997年亞

美尼亞大地震，科寇瑞捐了1400萬救濟金，事後不讓別人贊揚他。然而他的傳奇事跡卻不脛而走。

原載《奇幻之都》

富豪榜名列前茅的賭城大老闆

——《威尼斯人》老闆阿德爾森

阿德爾森（Sheldon Adelson）是立陶宛移民的兒子，出生於波士頓一個平民的家庭，父親是計程車司機。他小時候在街頭當報童，12歲開始做小生意，16歲當了糖果公司老闆。頑強的意志和進取精神使他在商界步步高升，在2006年9月《福布斯》雜誌公佈的400富豪榜上，躍居美國第三富，排行在比爾蓋茲和巴菲特之後。其後雖有所下降，至2010年依然排行第十三位。

辦電腦展銷攀上高峰

阿德爾森的生平豐姿多彩，他嘗試過多種多樣事業，開糖果公司，涉足房地產，搞金融貸款，加盟旅遊業，投資過五十多家公司，開辦商業展覽，逐步積累起資本。其間，他又曾服役於軍伍，並且進大學主修理財專業。

1979年在拉斯維加斯創建的國際電腦貿易大展（COMDEX），使他的事業攀上第一個高峰。每年一次的電腦展銷會，開始只有150家公司參加，參觀者約4000人。到上世紀九十年代，參展商家增加到2000多家，參觀人數達20多萬，成為全球訊息產業第一盛會。阿德爾森因此財源廣進，他將積累的資金，收購了位於拉斯維家斯大道中段的金沙賭場酒店，並且就近建起了佔地190萬平方公尺的金沙博覽中心。

當電腦大展成了阿德爾森財源滾滾的搖錢樹時，他見好就收，於1995年，以8.6億美元的高價，將這個展銷會的名稱和

機構，賣給日本一個財團。數年以後，這個電腦大展開始走下坡，於2005年結束營業，而擁有了億萬財富的阿德爾森，卻馬不停蹄地奔向另一個高峰。

打造賭城頂級大酒店

　　到拉斯維加斯旅行的觀光客，少不得去參觀《威尼斯人》賭場大酒店（The Venetian）。這是拉斯維加斯數家頂尖酒店之一。阿德爾森和他的醫生妻子到威尼斯度蜜月的時候，有感於這座下沉水都的古典美色，便萌生了在拉斯維加斯仿製威尼斯美景的念頭。他出售電腦展銷機構以後，便著手集資打造賭城最為引人入勝的賭場大酒店。

　　斥資15億美元的《威尼斯人》大酒店於1999年5月開張，千萬遊人爭睹這裏的異國風情。人們欣賞著仿製的威尼斯總督宮殿（Doge's Palace）的大門、門外交錯的水道、拱橋以及高高矗立的尖頂鐘樓，感受處身於水都威尼斯環抱的情調。步入酒店大堂，觀賞金碧輝煌的裝飾，細看拱形走廊上精心繪製的文藝復興時代的油畫，發覺自己置身於古代歐洲的藝術宮殿。

　　更令人稱絕的是在賭場的上層，複製了威尼斯的一條大運河水道，兩岸商家爭艷，水中緩行著威尼斯平底船，搖櫓者高唱意大利名曲，情人相依相偎。運河帶你來到開闊優美的聖馬可廣場，頭上是藍天白雲，四周盡是一派古歐洲的建築風味，穿意大利民族服飾的藝人不時在這裡載歌載舞。

　　《威尼斯人》除賭場外，還有占地190萬平方英尺的會展區，與酒店相連通，提供大型會議與展銷服務。4000多客房特意為商人與參展人員安排，每房都有會客間和傳真機等設備，吸引各種展銷和會議常年不斷，住房經常爆滿，成為賭城盈利最豐的酒店之一。2004年，阿德爾森斥資18億美元，在《威尼

斯人》酒店北邊，新建起3000客房的Palazzo大酒店，這兩座同樣豪華的大酒店彼此相連，通道上下都是高級商店和餐飲業，兩個大型劇院也坐落其間，集賭博、娛樂、購物、餐飲、會議、展銷於一個屋檐之下。

進軍澳門賭業拔頭彩

嗅覺靈敏的阿德爾森，在獲知澳門要向世界開放博彩投資後，便馬上進軍澳門，在澳門興建金沙賭場大酒店，

投資2億6千多萬美元的金沙賭場大酒店，於2004年五月開業，頭10個小時就進賬1000萬澳元，經過一年營業，便收回了投資成本。其後更是財神高照，據《福布斯》雜誌統計，阿德爾森在2004年到2006年間的財富增長，相當於每小時進帳近100萬美元，主要得益於澳門金沙的豐收。金沙的成功促使各大財團紛紛進軍澳門的博采娛樂觀光事業，目前澳門的博采業收入已經使風光多年的拉斯維加斯甘拜下風。

筆者遊覽澳門金沙賭場時，看到拉斯維加斯式的豪華與氣派移植到澳門，也注意到其賭具設置與拉斯維加斯大不相同，老虎機少得可憐都靠邊站，而搏殺牌九、百家樂、撲克的賭桌排滿寬闊的賭場大廳和貴賓廳，處處是豪賭的東方客。

2005年，年逾古稀的阿德爾森又大手筆斥資23億美元，在金光大道打造《澳門威尼斯人》大酒店，這座酒店的3000客房與各種設施，都以拉斯維加斯的同名酒店為樣板，甚至青出於藍而勝於藍。與此同時，阿德爾森還聯合多家酒店集團，投資120億美元，在金光大道興建20多座國際品牌的大酒店，包括喜來登、香格里拉，以及大型會議和展銷中心、博采、餐飲、娛樂場所等。此外，阿德爾森更將他的博采生意擴張到新加坡，英國等地。

　　阿德爾森也沒有忘記回饋社會，他是許多善事的大手筆捐助者，近期他就分別捐出2500萬給學校和有關社會研究、教育的機構。報童出身的阿德爾森在富豪榜名列前茅不是偶然的，他的銘言是「挑戰現狀」，「永遠想辦法做到最好」。

原載《拉斯維加斯時報》

朗安和他的母親

　　朗安是我的鄰居，看去五十開外了，依然和母親安娜住在一個屋簷下，這在美國實不多見，也許是因為他父親已經去世，母親年老寡居，自己又是個單身漢之故吧。

　　朗安性格有點怪，見面總是將眼睛挪開，彷彿故意避免打招呼，一年都不曾跟我說過一句話。嘗過幾回冷臉孔以後，我便盡量迴避他。心想，大概是他對東方人的臉孔看不慣吧，因為那時一條街只有我家是黃臉孔。

　　然而他蠻勤快，對母親很盡孝道，下班以後常在院前院後走來走去，把每一根多餘的草都拔掉，屋子四周都給收拾得乾乾淨淨。星期天傍晚，他一定記得從後院拉出兩個大垃圾桶，放到馬路邊等待第二天垃圾車來清倒。一次他回家時，遇見母親正在使勁拖出垃圾桶，他便急忙跑上去接過手，生怕母親累壞似的。

　　他母親為人倒挺熱情，不但老遠就揮手打招呼，而且會特意走近寒暄幾句，臉上雖然鋪上歲月的流痕，卻蓋不住慈祥的笑容。兒子上班以後，有時她會引我到她家的後院，觀賞他們栽種的紫金花，紅玫瑰，白玉蘭。幾棵果樹有的已經結實累累，壓得樹枝都彎下來，她便隨手摘幾個蜜桃、蘋果、檸檬什麼的，要我帶回家去嘗一嘗，看來她很為自己與兒子的勞作自豪。

　　製作果子醬是她的拿手好戲。每年聖誕節前，她總會送給我兩瓶貼有自家標記的果醬，說是她自己親手做的，讓我嘗嘗她家鄉的風味。雖然我對果子醬沒有特別的愛好，說不出她的傑作有何妙處，然而，這兩瓶小小的不尋常禮物，的確牽動了我們全家的心。

　　遠親不如近鄰，可惜他的兒子依然是那樣高傲，從來不與

我們打交道，對於這個家庭，我真充滿了矛盾的觀念。

一天傍晚，我下班回到家，正與妻兒擺上桌子準備吃晚飯，忽然有人來按門鈴，開門時不禁大吃一驚，原來是朗安先生站在門口。我連忙請他進屋，他卻原地站著不動，表情木訥地開口說：

「你家的圍牆損壞了，應當修補一下。」

「是嗎？在哪兒？」我很意外，我家圍牆有一邊與他家相接，都是由小木條釘成的，不知他指的是哪一條。

「請跟我來看。」是不容推卻的口氣，我只好跟他走去，來到與他家相鄰的圍牆旁邊。他指著一條裂開口的小木條說：「請將這個洞口修好。」是很不客氣的口吻。

我心裏老大不高興，想，這是兩家的邊界，為何非找我修不可？他見我遲疑著，更進逼說：「按地契這是你家的圍墻，你有責任維修好，保持環境美觀。」看來他簡直是在教訓我了，這種口氣令我頓生強烈的反感。

然而我確實沒有仔細看過地契的附圖，對圍牆的歸屬問題更從未想過，這一軍算是把我徹底將倒了，只好息事寧人地說：「好吧，待週末我再去修理。」

「我希望你明天就修理好。」他用了命令口氣。

原本已經生氣，這陣子簡直叫我七竅生了煙，一肚子怨氣正不知如何發作。恰好這時他母親走出來，叫兒子回去聽電話。我投給他一個憎惡的目光時，他已經轉身回去。

晚飯時，我對妻談起這事，憤憤地說「此人欺人太甚，如果不是個種族主義者，也是瞧不起咱東方人，對待白人，他斷斷不會如此之無禮！」

妻向來是我的滅火筒，家裏大大小小的矛盾她都能化解，何況這是比住在遠處的老爸還要緊的「近鄰」。妻替他辯解

說：老外最重視周圍的環境，我家的圍牆正對著他家漂亮的庭院，圍牆裂開洞口自然有失觀瞻，儘快給他補好也是應該的。

我冷下來想想，換一根木條子也不過是舉手之勞，何必為幾句話去與鄰人為敵？再說他媽媽是個大好人，我實在不願讓她感到不快意。

請教了地產經紀人，肯定了這圍牆的確歸我家所有，便到Home Depot買了同樣尺寸的小木條，替換了損壞的部分，再糊上油漆，此事便打上了一個句號。

時間不覺過去了三年，我和朗安再沒有說過一句話，兩家倒也相安無事。安娜依然每年送我兩瓶果子醬，並且見面一樣的熱情。到了第四年，她告訴我不再製作果子醬了，因為她已經過了75歲。的確，看去她蒼老多了，背脊樑已經彎曲下來。

一天週末的下午，我正在前院修剪玫瑰，忽然看見安娜老太太打開側門，拉著大垃圾筒走出來，走一小段便停下喘氣。我很意外，連忙跑過去幫忙，將兩個裝滿樹枝樹葉垃圾的大桶，外加一個盛滿報紙瓶罐的廢物回收箱，一一拉到馬路旁邊。

她喘著氣連聲道謝，並且告訴我，朗安已經調往東部去工作了，因為他們的公司大裁員，他別無選擇，只能聽從安排到遠處去工作。這時我才知道，朗安原來是在一間著名的飛機製造公司當工程師。

打此以後，每逢週末我拉完自家的垃圾桶，絕不會忘記去幫安娜老太太搬垃圾，因為我不能眼看一個老人，喘著氣去做難於勝任的體力勞作，更何況安娜一直是那樣慈祥和友愛。

不知為什麼，我慢慢覺得，自己對孤單的鄰居有一種責任感，不時會打電話過去問問安。有時她感冒幾天不能出門，我就過去探望，問她需要什麼，下班時就順便幫她購買。她也視我如親人，把丈夫過去如何在大學教過書，如何患癌症去世的家事告訴我。她最擔憂是朗安未曾結婚，說：「五十多歲了，還是

單身，話也不多一句，又不愛交朋友……不過他有一副很好的心腸。」大概她並不知道我對她兒子懷有相當惡劣的印象。

一年之後的一個傍晚，安娜忽然來電話，說朗安回來了，想過來見見我們。我當然表示歡迎。開門以後，令我非常吃驚的是，朗安笑容可掬地捧著一個盒子走進來。第一次看到他笑起來，相貌還挺不差呢。

「十分多謝你對我母親的照顧，母親在電話裏說，這一年來多得你的幫助，我們特意來感謝你。」說著他將盒子交給我。

按照美國人的習慣，我當場打開禮物，原來是一架精緻的戰鬥飛機模型。他補充說，這是他過去參與設計的模型飛機，送給我做個紀念。我也告訴他，父親曾是早期中國空軍的飛行員，開始時駕駛的還是雙翼戰鬥機呢。當他看了我父親在二次大戰時，穿著軍裝立於美製戰機前的拍照，大感興趣，一如遇上老鄉親，滔滔不絕地講了許多有關飛機發展的事情。

不打不相識，我萬萬沒想到，心中討嫌多年的人，一下子會變成好朋友，而且談得那樣親熱、掏心。

又過了一年，他回來度假，立即和母親一起過來看我，這次卻多了一位中年洋女子。安娜介紹說，這是朗安的妻子，是半年前在東部結婚的。我連忙祝賀一番。調離老家，卻拾回一個妻子，真是塞翁失馬，焉知非福？這種中國人的成語故事，我自然不必向他們解說。

我們最後一次見面，是在安娜老太太的悼念會上。她先進入醫院，後來又住進老人療養院一段長時間。這期間我也少不得探病送鮮花。最後一個大花籃是送到墳場去的。我和妻子都為這位慈祥的鄰居老太太去世悲傷了許多天。

後來他家前院插上房屋出售的牌子，新鄰居是華裔家庭。我始終沒有把安娜的故事告訴他們，因為中國人對於死過人的房子是很有戒心的，何必平白叫他們不安？然而每當看到他們院子

裏的果樹結出累累碩果，我就不時陷入深沉的回憶，仿若又看見安娜老太太含著親切的微笑，手捧兩瓶果子醬送來給我。

原載《世界周刊》

語言文學類　PG0447

回聲
——潘天良詩文集

作　　者／潘天良
責任編輯／林千惠
圖文排版／陳湘陵
封面設計／蕭玉蘋

發 行 人／宋政坤
法律顧問／毛國樑　律師
印製出版／秀威資訊科技股份有限公司
　　　　　114台北市內湖區瑞光路76巷65號1樓
　　　　　電話：+886-2-2796-3638　傳真：+886-2-2796-1377
　　　　　http://www.showwe.com.tw
劃撥帳號／19563868　戶名：秀威資訊科技股份有限公司
　　　　　讀者服務信箱：service@showwe.com.tw
展售門市／國家書店（松江門市）
　　　　　104台北市中山區松江路209號1樓
　　　　　電話：+886-2-2518-0207　傳真：+886-2-2518-0778
網路訂購／秀威網路書店：http://www.bodbooks.tw
　　　　　國家網路書店：http://www.govbooks.com.tw
圖書經銷／紅螞蟻圖書有限公司
　　　　　114台北市內湖區舊宗路二段121巷28、32號4樓
　　　　　電話：+886-2-2795-3656　傳真：+886-2-2795-4100

2011年01月BOD一版
定價：380元

國家圖書館出版品預行編目

回聲——潘天良詩文集 / 潘天良作.
-- 一版. -- 臺北市 : 秀威資訊科技, 2011.01
　面 ; 公分. -- (語言文學類 ; PG0447)
BOD版
ISBN 978-986-221-642-2(平裝)

848.6　　　　　　　　　　　99019720

讀 者 回 函 卡

感謝您購買本書，為提升服務品質，請填妥以下資料，將讀者回函卡直接寄
回或傳真本公司，收到您的寶貴意見後，我們會收藏記錄及檢討，謝謝！
如您需要了解本公司最新出版書目、購書優惠或企劃活動，歡迎您上網查詢
或下載相關資料：http:// www.showwe.com.tw

您購買的書名：_____

出生日期：_____年_____月_____日

學歷：□高中 (含) 以下　　□大專　　□研究所 (含) 以上

職業：□製造業　□金融業　□資訊業　□軍警　□傳播業　□自由業
　　　□服務業　□公務員　□教職　　□學生　□家管　　□其它____

購書地點：□網路書店　□實體書店　□書展　□郵購　□贈閱　□其他

您從何得知本書的消息？

　□網路書店　□實體書店　□網路搜尋　□電子報　□書訊　□雜誌
　□傳播媒體　□親友推薦　□網站推薦　□部落格　□其他_____

您對本書的評價：(請填代號　1.非常滿意　2.滿意　3.尚可　4.再改進)

　封面設計____　版面編排____　內容____　文／譯筆____　價格____

讀完書後您覺得：

□很有收穫　□有收穫　□收穫不多　□沒收穫

對我們的建議：_____

_____

_____

_____

11466
台北市內湖區瑞光路 76 巷 65 號 1 樓

秀威資訊科技股份有限公司　　　收

BOD 數位出版事業部

....

（請沿線對折寄回，謝謝！）

姓　　名：＿＿＿＿＿＿＿＿　年齡：＿＿＿＿　性別：□女　□男

郵遞區號：□□□□□

地　　址：＿＿＿＿＿＿＿＿＿＿＿＿＿＿＿＿＿＿＿＿

聯絡電話：(日)＿＿＿＿＿＿＿＿　(夜)＿＿＿＿＿＿＿＿＿

E - m a i l：＿＿＿＿＿＿＿＿＿＿＿＿＿＿＿＿＿＿＿